문학시간에 소설읽기 3

문학 시간에 소설 읽기 3

전국국어교사모임 엮음

Humanist

'문학시간에 읽기' 시리즈를 펴내며

문학 작품은 왜 읽을까요? 도대체 문학이란 무엇일까요?

한 국어학자는 '문학'을 '말꽃'이라고 했습니다. '꽃'이 '아름답게 피워 낸 가장 값진 열매'이니, '말꽃'은 '말로써 피워 낸 가장 아름답고 값진 결과물'이라는 것입니다.

그런데 오늘날 입시 위주의 교육 환경에서 '문학'은 과연 학생들에게 말꽃으로 다가갈까요?

학생들은 말로 이루어 낸 가장 아름다운 꽃의 향기와 아름다움을 느끼거나 맛볼 여유가 없습니다. 이번 시험엔 어떤 작품이 출제될까만 생각하며 이런저런 참고서와 문제집을 뒤적거리느라 문학의 재미와 아름다움을 맛보고 느낄 겨를이 없으니까요.

전국국어교사모임은 학생들에게 문학의 참맛을 느끼고 맛보게 해 주고 싶었습니다. 그래서 문학사 중심, 지식과 기능 중심의 문학 교재가 아닌, 학생들이 재미있게 읽으면서도 자신의 지적·정서적 경험을 넓힐 수 있는 문학책을 만들게 되었습니다.

'문학시간에 읽기' 시리즈는 전국의 국어 선생님들이 숱한 토론을 거치면서 가려 뽑은 작품들로 구성되었습니다. 학생들이 즐겨 읽고 크게 감동한 작품들, 학생들의 감수성과 상상력을 풍부하게 만든 작품들과 만날 수 있습니다.

이제 학생들이 논술과 수능 준비를 위해 어렵게 외우고 풀어야 하는 문학이 아닌, 나와 우리의 이야기가 녹아들어 있는 문학, 느끼고 생각할 수 있는 문학, 진실한 얼굴의 문학을 만날 수 있기를 바랍니다.

2013년 5월

전국국어교사모임

머리말

소설을 공부하면서 소설 읽는 것은 시간 낭비라고 말하는 사람들을 자주 봅니다. 이것은 물에 들어가지 않고 이론으로 수영을 배우는 것과 비슷하겠지요. 소설을 읽지 않고 그 작품의 핵심적인 것들을 요약한 내용을 암기하는 것은 직접 음식의 맛을 보지 않고 요리책에 설명된 음식의 맛을 암기하는 것만큼이나 무의미한 일입니다. 소설에 대한 모든 이야기는 우선 소설 읽기에서 출발해야 합니다.

소설 읽기는 좋아하는데 교과서에 실린 소설은 싫다는 학생도 많습니다. 그것은 사건 전개 위주의 글에 익숙한 독서 습관 때문일 수도 있지만 작품이 학생들 수준에 맞지 않기 때문인 경우가 많습니다. 소설 읽기는 읽는 사람의 지적·정서적 체험과 깊은 관련을 맺고 있는데 이런 것을 고려하지 않은 채 문학사적으로 의미 있다고 평가되는 작품들을 학생들에게 읽도록 권하는 경우가 많기 때문입니다. 이 책에 수록된 작품들은 이런 문제를 고민하여 선생님들이 숱한 토론을 거치며 가려 뽑았고, 학생들도 읽을 만하다고 평가한 작품들입니다.

소설 감상 능력이 있다는 것은 어떤 의미일까요? 한 편의 소설은 일상적 삶 속의 매우 세세한 부분들이 서로 긴밀하게 관련을 맺으면서 의미를 만들어 내는 구조로 이루어졌습니다. 따라서 소설 속의 다양한 정보를 꼼꼼하게 따져서 풍부한 의미를 조직할 수 있는 능력을 가진 사람을 훌륭한 독자라고 말할 수 있을 것입니다. 이 책에서 각 작품마다 제시한

'생각할 거리'는 작품을 꼼꼼하게 읽고 의미를 풍성하게 조직할 수 있는 길을 안내할 것입니다. 그러므로 물음에 대한 획일적인 정답은 있을 수 없으며, 그런 과정을 되풀이하면서 소설 읽는 능력을 기르는 것이 중요합니다.

소설은 우리 삶을 총체적으로 다루고 있어서 어느 한 부분에 초점을 맞추고 읽기가 어렵습니다. 특정한 방향에 따라 소설을 묶는 것도 의미 있는 일이지만 자칫 그 구분에 지나치게 매몰될 위험도 있지요. 작품을 형식과 기법 중심으로 엮거나 주제별로 엮는 방식 모두 불필요한 선입관을 심어 줄 수 있습니다. 이 책에서는, 최대한 개별 작품들의 맛을 살릴 수 있는 범위 안에서 다음의 네 가지 범주로 작품을 묶었습니다.

1권은 '나'를 중심으로 '나'의 존재에 다가가고자 하는 작품들을 모았습니다. 나와 가족을 중심으로 다양한 성장통을 앓으면서 살아가는, 여러 빛깔의 삶을 맛볼 수 있는 작품들입니다.

2권은 사회 속에서 개인은 어떤 존재인지, 어떻게 서로 관계 맺고 살아가는지를 생각해 볼 수 있는 작품들을 모았습니다. 서로 다른 삶의 조건들이 어떻게 갈등하고 화해하는지, 그리고 사회 조직과 집단 속에서 개인의 의미는 무엇일지를 생각할 만한 작품들입니다.

3권은 역사적 사건이나 상황에 무게중심을 둔 작품을 모았습니다. 일제 강점기 상황에서의 민중들의 삶, 전쟁 속에서 인간의 모습, 그리고 거

대한 역사의 소용돌이를 거친 인간들이 그 상처를 치유해 가는 모습이 잘 드러난 작품들입니다.

4권은 장편 소설에서 특별히 의미 있는 부분을 뽑아 모았습니다. 수록한 부분만으로도 깊은 의미를 새겨 볼 수 있지만 작품 전체 읽기로 나아가는 맛보기가 되었으면 하는 바람으로 묶은 작품들입니다.

그러나 이것은 다만 빛깔이 다양한 작품들을 같은 방에 가두기 위한 구실일 뿐입니다. 모든 작품은 저마다 다른 것들과 견줄 수 없는 독특한 향기와 의미를 지니고 있으니까요. 각 권의 책을 묶은 범주에 너무 얽매이지 말고, 우리 몸의 온갖 감각을 동원하여 맛있는 음식을 즐기듯이 그렇게 소설의 맛을 느끼기 바랍니다.

일단 물 좋은 소설의 수영장에 뛰어들어야겠지요. 그리고 물길을 헤쳐 가는 몇 가지 안내에 따라서 마음을 소설 속에 담그고 열심히 팔을 저어 봅시다. 그러다 보면 어느새 밖으로 나가 물결 험한 소설의 바다를 헤엄칠 수 있는 능력을 가질 수 있을 것입니다. 물론 그 힘이 팍팍한 세상을 넓게 보고 따뜻하게 감싸 안을 힘으로 성숙하겠지요.

2013년 6월

'문학시간에 소설읽기' 집필모임

차례

'문학시간에 읽기' 시리즈를 펴내며 4

머리말 6

오발탄 이범선 10

너와 나만의 시간 황순원 60

할머니, 이젠 걱정 마세요 이기호 82

태형 김동인 110

치숙 채만식 142

모래톱 이야기 김정한 174

밤길 윤정모 218

오발탄
이범선

계리사 사무실 서기 송철호는 여섯 시가 넘도록 사무실 한구석 자기 자리에 멍청하니 앉아 있었다. 무슨 미진한 사무가 있는 것도 아니었다. 장부는 벌써 집어치운 지 오래고 그야말로 멍청하니 그저 앉아 있는 것이었다. 딴 친구들은 눈으로 시곗바늘을 밀어 올리다시피 다섯 시를 기다려 휘딱 나가 버렸다. 그런데 점심도 못 먹은 철호는 허기가 나서만이 아니라 갈 데도 없었다.

"송 선생은 안 나가세요?"

이제 청소를 해야 할 테니 그만 나가 달라는 투의 사환 애의 말에, 철호는 다 낡아 빠진 해군 작업복 저고리 호주머니에 깊숙이 찌르고 있던 두 손을 빼내어서 무겁게 책상 위에 올려놓았다.

"나가야지."

하품 같은 대답이었다.

사환 애는 저쪽 구석에서부터 비질을 하기 시작하였다. 먼지가 사정없이 철호의 얼굴로 몰려왔다.

철호는 어슬렁 일어섰다. 이쪽 모서리 창가로 갔다. 바께쓰의 물을 대야에 따랐다. 두 손을 끝에서부터 가만히 물 속에 담갔다. 아직 이른 봄이라 물이 꽤 손끝에 시렸다. 철호는 물 속에 잠긴 두 손을 물끄러미 내려다보고 있었다. 펜대에 시달린 오른손 장지 첫 마디에 콩알만 한 못이 박혔다. 그 못에서 파란 명주실 같은 것이 사르르 물속으로 풀려났다. 잉크, 그것은 잠시 대야 밑바닥을 기다 말고 사뿐히 위로 떠올라 안개처럼 연하게 피어서 사방으로 번져 나갔다. 손가락 끝을 중심으로 하고 그 색의 농도가 점점 연해져 나갔다. 맑게 갠 가을 하늘 색으로 대야 가장자리까지 번져 나간 그것은 다시 중심의 손끝을 향해 접어들며 약간 진한 파랑색으로 달무리모양 둥글한 원을 그렸다.

'피! 이건 분명히 피다!'

철호는 엉뚱한 생각을 하고 있었다. 슬그머니 물 속에서 손을 빼내었다. 그러자 이번엔 대야 밑바닥에 한 사나이의 얼굴을 보았다. 철호의 눈을 마주 쳐다보는 그 사나이는 얼굴의 온 근육을 이상스레 히물히물 움직이며 입을 비죽거려 웃고 있었다.

이마에 길게 흐트러진 머리카락, 그 밑에 우묵하니 패인 두 눈, 깎아진 볼, 날카롭게 여윈 턱, 송장처럼 꺼멓고 윤기 없는 얼굴, 그것은 까마득한 원시인의 한 사나이였다.

몽둥이 끝에, 모난 돌을 하나 칡넝쿨로 아무렇게나 잡아매서 들고, 동굴 속에 남겨 두고 나온 식구들을 위하여 온종일 숲 속을 맨발로 헤매고 다니던 사나이.

곰? 그건 용기가 부족하다.

멧돼지? 힘이 모자란다.

노루? 너무 날쌔어서.

꿩? 그놈은 하늘을 난다.

토끼? 토끼. 그래, 고놈쯤은 꽤 때려잡음 직하다. 그런데 그것마저 요즈음은 뭍에 잘 돌아오지 않는다. 사냥꾼이 너무 많다. 토끼보다도 더 많다.

그래도 무어든 들고 들어가야 하는 것이다.

사나이는 바위 잔등에 무릎을 꿇고 앉아 냇물에 손을 씻는다. 파란 물 속에 빨간 노을이 잠겼다. 끈적끈적하게 사나이의 손에 묻었던 피가 노을빛보다 더 진하게 우러난다.

무엇인가 때려잡은 모양이다. 곰? 멧돼지? 노루? 꿩? 토끼?

그런데 사나이가 들고 일어선 것은 그 어느 것도 아니었다. 보기에도 징그러운 내장. 그것이 무슨 짐승의 내장인지는 사나이 자신도 모른다. 사나이는 그 짐승의 머리도 꼬리도 못 보았다. 누군가 숲 속에 끌어내어 버린 것을 주워 오는 것이었다.

철호는 옆에 놓인 비누를 집어 들었다. 마구 두 손바닥으로 비볐다. 우구구 까닭 모를 울분이 끓어올랐다.

빈 도시락마저 들지 않은 손이 홀가분해 좋긴 하였지만, 해방촌 고개를 추어 오르기에는 배 속이 너무 허전했다.

산비탈을 도려내고 무질서하게 주워 붙인 판잣집들이었다. 철호는 골목으로 접어들었다. 레이션 곽을 뜯어 덮은 처마가 어깨를 스칠 만치 비좁은 골목이었다. 부엌에서들 아무 데나 마구 버린 뜨물이, 미끄러운 길에는 구공탄 재가 군데군데 헌데 더뎅이모양 깔렸다.

저만치 골목 막다른 곳에, 누런 시멘트 부대 종이를 흰 실로 얼기설기 문살에 얽어맨 철호네 집 방문이 보였다. 철호는 때에 절어서 마치 가죽끈처럼 된 헝겊이 달린 문 걸쇠를 잡아당겼다. 손가락이라도 드나들 만치 엉성한 문이면서 찌걱찌걱 집혀서 잘 열리지를 않았다. 아래가 잔뜩 집힌 채 비틀어진 문틈으로 그의 어머니의 소리가 새어 나왔다.

"가자! 가자!"

미치면 목소리마저 변하는 모양이었다. 그것은 이미 그의 어머니의 조용하고 부드럽던 그 목소리가 아니고, 짹짹하고 간사한 게 어떤 딴 사람의 목소리였다.

문을 열고 들어서는 철호의 얼굴에 걸레 썩는 냄새 같은 것이 확 풍겨 왔다. 철호는 문 안에 들어선 채 우두커니 아랫목을 내려다보고 있었다.

중학교 시절에 박물관에서 미라를 본 일이 있었다. 그건 꼭 솜 누더기에 싸 놓은 미라였다. 흰 머리카락은 한 오리도 제대로 놓인 것이 없었다. 그대로 수세미였다. 그 어머니는 벽을 향해 돌아누워서 마치 딸꾹질처럼 어떤 일정한 사이를 두고, 가자 가자 하는 외마디 소리를 지르고 있었다. 그 해골 같은 몸에서 어떻게 그런 짹짹한 소리가 나오는지 이상하였다.

철호는 윗방으로 올라가 털썩 벽에 기대어 앉아 버렸다. 가슴에 커다란 납덩어리를 올려놓은 것 같았다. 정말 엉엉 소리를 내어 울고 싶었다. 눈을 꾹 지르감으며 애써 침을 삼켰다.

두 달 전까지만 해도 철호는 저녁때 일터에서 돌아오면, 어머니야 알아듣건 말건 그래도 "어머니 지금 돌아왔습니다." 하고 인사를 하곤 하였었다. 그러나 요즈음은 그것마저 안 하게 되었다. 그저 한참 물끄러미 굽어보고 섰다가 그대로 윗방으로 올라와 버리는 것이었다.

컴컴한 구석에 앉아 있던 철호의 아내가 슬그머니 일어섰다. 담요바지 무릎을 한쪽은 꺼멍, 또 한쪽은 회색으로 기웠다. 만삭이 되어서 꼭 바가지를 엎어 놓은 것 같은 배를 안은 아내는 몽유병자처럼 철호의 앞을 지나 나갔다. 부엌으로 나가는 것이었다. 분명 벙어리는 아닌데 아내는 말이 없었다.

"아버지."

철호는 누가 꼭대기를 쿡 쥐어박기나 한 것처럼 흠칠했다.

바로 옆에 다섯 살 난 딸애가 눈을 동그랗게 뜨고 철호를 쳐다보고 있었다. 철호는 어린것에게로 얼굴을 돌렸다. 웃어 보이려는 철호의 얼굴이 도리어 흉하게 이지러졌다.

"나아, 삼춘이 나이롱 치마 사 준댔다."

"응."

"그리구 구두두 사 준댔다."

"응."

"그러면 나 엄마하고 화신 구경 간다."

"……."

철호는 그저 어린것의 노랗게 뜬 얼굴을 바라보고 있을 뿐이었다. 철호의 헌 셔츠 허리통을 잘라서 위에 끈을 꿰어 스커트로 입은 딸애는 짝짝이 양말 목달이에다 어디서 주운 것인지 가는 고무줄을 끼었다.

"가자! 가자!"

아랫방에서 또 어머니의 그 저주 같은 소리가 들려왔다. 벌써 칠 년을 두고 들어 와도 전연 모를 그 어떤 딴 사람의 목소리.

철호는 또 눈을 감았다. 머릿속의 뇟줄이 팽팽히 헤어졌다. 두 주먹으로 무엇이건 콱 때려 부수고 싶은 충동에 철호는 어금니를 바스러져라 맞씹었다.

좀 춥기는 해도 철호는 집 안보다 이 바위 잔등이 더 좋았다. 그래 철호는 저녁만 먹으면 언제나 이렇게 집 뒤 산등성이에 있는 바위 위에 두 무릎을 세워 안고 앉아서 하염없이 거리의 등불들을 바라보며 밤 깊기를 기다리는 것이었다. 어느 거리쯤인지 잘 분간할 수 없는 저 밑에서 술 광고 네온사인이 핑그르르 돌고 깜빡 꺼졌다가 또 번뜩 켜지고 핑그르르 돌고는 깜빡 꺼지고 하였다.

철호는 그저 언제까지나 그렇게 그 네온사인을 지켜보고 있었다.

바위 잔등이 차츰차츰 식어 왔다. 마침내 다 식고 겨우 철호가 깔고 앉은 고 부분에만 약간 온기가 남았다. 이제 조금만 더 있으면 밑이 시려 올 것이다. 그러면 철호는 하는 수 없이 일어서야 하는 것이다.

드디어 철호는 일어섰다. 오래 까부려 붙이고 있던 두 다리가 저렸다. 두 손을 작업복 호주머니에 깊숙이 찔렀다. 철호는 밤하늘을 한 번 쳐다보았다. 지금까지 바라보던 밤거리보다 더 화려하게 별들이 뿌려져 있었다. 철호는 그 많은 별들 가운데서 북두칠성을 찾아보았다. 머리를 뒤로 젖혀 하늘을 쳐다보는 채 빙그르르 그 자리에서 돌았다. 거꾸로 달린 물주걱 같은 북두칠성은 쉽사리 찾아낼 수 있었다. 그 북두칠성 앞에 딴 별들보다 좀 크고 빛나는 별, 그건 북극성이었다. 철호는 지금 자기가 서 있는 지점과 북극성을 연결하는 직선을 밤하늘에 길게 그어 보았다. 그리고 그 선을 눈이 닿는 데까지 연장시켰다. 철호는 그렇게 정북(正北)을 향하여 한참이나 서 있었다. 고향 마을이 눈앞에 떠올랐다. 마을의 좁은 길까지, 아니 그 길에 박혀 있던 돌 하나까지도 선히 볼 수 있었다.

으시시 몸이 떨렸다. 한기가 전기처럼 발끝에서 튀어 콧구멍으로 빠져나갔다. 철호는 크게 재채기를 하였다. 그리고 또 한 번 부르르 몸을 떨며 바위 밑으로 내려왔다.

철호는 천천히 골목 안으로 들어섰다.

"가자!"

철호는 멈칫 섰다. 낮에는 이렇게까지 멀리 들리는 줄은 미처 몰랐던 어머니의 그 소리가 골목 어귀에까지 들려왔다.

"가자!"

그러나 언제까지 그렇게 골목에 서 있을 수도 없는 노릇이었다. 철호는 다시 발을 옮겨 놓았다. 정말 무거운 발걸음이었다. 그건 다리가 저려서만이 아니었다.

"가자!"

철호가 그의 집 쪽으로 걸음을 옮겨 놓을 때마다 그만치 그 소리는 더 크게 들려왔다.

가자는 것이었다. 돌아가자는 것이었다. 고향으로 돌아가자는 것이었다. 옛날로 되돌아가자는 것이었다. 그것은 이렇게 정신 이상이 생기기 전부터 철호의 어머니가 입버릇처럼 되풀이하던 말이었다.

삼팔선. 그것은 아무리 자세히 설명을 해 주어도 철호의 늙은 어머니에게만은 아무 소용없는 일이었다.

"난 모르겠다. 암만 해도 난 모르겠다. 삼팔선. 그래 거기에다 하늘에 꾹 닿도록 담을 쌓았단 말이냐 어쨌단 말이냐. 제 고장으로 제가 간다는데 그래 막는 놈이 도대체 누구란 말이냐."

죽어도 고향에 돌아가서 죽고 싶다는 철호의 어머니였다. 그러고는,

"이게 어디 사람 사는 게냐. 하루 이틀도 아니고."

하며 한숨과 함께 무릎을 치며 꺼지듯이 풀썩 주저앉곤 하는 것이었다. 그럴 때마다 철호는,

"어머니 그래도 남한은 이렇게 자유스럽지 않아요?"

하고, 남한이니까 이렇게 생명을 부지하고 살 수 있지, 만일 북한 고향으로 간다면 당장에 죽는 것이라고, 자유라는 것이 얼마나 소중한 것인가를 갖은 이야기를 다 예로 들어 가며 어머니에게 타일러 보는 것이었다. 그러나 자유라는 것을 어머니에게 이해시키기란 삼팔선을 인식시키기보다도 몇백 갑절 더 힘드는 일이었다. 아니 그것은 거의

불가능한 일이라 했다. 그래 끝내 철호는 어머니에게 자유라는 것을 설명하는 일을 단념하고 말았다. 그렇게 되고 보니 철호의 어머니에게는 아들 – 지지리 고생을 하면서도 고향으로 돌아갈 생각만은 죽어도 하지 않는 철호가 무슨 까닭인지는 몰라도 늙은 에미를 잡으려고 공연한 고집을 피우고 있는 천하에 고약한 놈으로만 여겨지는 것이었다.

그야 철호에게도 어머니의 심정이 이해되지 않는 것은 아니었다.

무슨 하늘이 알 만치 큰 부자는 아니었지만 그래도 꽤 큰 지주로서 한 마을의 주인 격으로 제법 풍족하게 평생을 살아오던 철호의 어머니 눈에는 아무리 그네가 세상을 모른다고는 해도, 산등성이를 악착스레 깎아 내고 거기에다 게딱지 같은 판잣집을 다닥다닥 붙여 놓은 이 해방촌이 이름 그대로 해방촌일 수는 없는 노릇이었다.

"나두 내 나라를 찾았다게 기뻐서 울었다. 엉엉 울었다. 시집올 때 입었던 홍치마를 꺼내 입구 춤을 추었다. 그런데 이 꼴 좋다. 난 싫다. 아무래두 난 모르겠다. 뭐가 잘못됐건 잘못된 너머 세상이디 그래."

철호의 어머니 생각에는 아무리 해도 모를 일이었던 것이었다. 나라를 찾았다면서 집을 잃어버려야 한다는 것은, 그것은 정말 알 수 없는 일이었던 것이었다.

철호의 어머니는 남한으로 넘어온 후로 단 하루도 이 '가자'는 말을 하지 않은 날이 없었다.

그렇게 지내 오던 그날, 육이오 사변으로 바로 발밑에 빤히 내려다보이는 용산 일대가 폭격으로 지옥처럼 무너져 나가던 날, 끝내 철호는 어머니를 잃어버리고 말았던 것이었다.

"큰애야 이젠 정말 가자. 데것 봐라. 담이 홈싹 무너뎄는데. 삼팔선의 담이 데렇게 무너뎄는데. 야."

그때부터 철호의 어머니는 완전히 정신 이상이었다. 지금의 어머니, 그것은 이미 철호의 어머니는 아니었다. 아무리 따져 보아도 그것이 철호 자기의 어머니일 수는 없었다. 세상에 아들딸마저 알아보지 못하는 어머니가 있을 수 있는 것일까? 그날부터 철호의 어머니는,

"가자! 가자!"

하고 저렇게 쨍쨍한 목소리로 외마디소리를 지를 뿐 그 밖의 모든 것을 완전히 잃어버리고 있었다. 철호에게 있어서 지금의 어머니는, 말하자면 어머니의 시체에 지나지 않았다.

뚫어진 창호지 구멍으로 그래도 희미한 불빛이 새어 나오고 있었다. 철호는 윗방 문을 열었다. 아랫방과 윗방 사이 문턱에 위태롭게 올려놓은 등잔이 개똥벌레처럼 가물거리고 있었다. 윗방 아랫목에는 딸애가 반듯이 누워서 잠이 들었다. 담요를 몸에다 돌돌 말고 반듯이 누운 것이 꼭 송장 같았다. 그 옆에 철호의 아내가 두 무릎을 꿇고 앉아 있었다. 꺼먼 헝겊과 회색 헝겊으로 기운 담요 바지 무릎 위에는 빨강색 유단으로 만든 조그마한 운동화가 한 켤레 놓여 있었다. 철호가 방 안에 들어서자 아내는 그 어린애의 빨간 신발을 모두어 자기 손바닥에 올려놓아 철호에게 들어 보였다.

"삼촌이 사 왔어요."

유난히 살눈썹이 긴 아내의 눈이 가늘게 웃었다. 참으로 오래간만

에 보는 아내의 웃음이었다. 자기가 미인이었다는 것을 잊어버리고만 지 오랜 아내처럼, 또 오래 보지 못하여 거의 잊어버려 가던 아내의 웃는 얼굴이었다.

철호는 등잔이 놓인 문턱 가까이 가서 앉으며 아내의 손에서 빨간 어린애의 신발을 받아 눈앞에서 아래위를 살펴보았다.

"산보 갔었소?"

거기 등잔불을 사이에 두고 윗방을 향해 앉은 철호의 동생 영호가 웃으며 철호를 쳐다보았다.

"언제 들어왔니?"

"지금 막 들어와 앉는 길입니다."

그러고 보니 영호는 아직 넥타이도 끄르지 않고 있었다.

"형님!"

새삼스레 부르는 동생의 소리에 철호는 손에 들었던 어린애의 신발을 아내에게 돌리며 영호의 얼굴을 빤히 바라보았다.

"이제 우리두 한번 살아 봅시다. 제길, 남 다 사는데 우리라구 밤낮 이렇게만 살겠수? 근사한 양옥도 한 채 사구, 장기판만 한 문패에다 형님의 이름 석 자를, 제길 장님도 보게 써서 대못으로 땅땅 때려 박구 한번 살아 봅시다."

군대에서 나온 지 이 년이 넘도록 아직도 직업도 못 잡은 영호가 언제나 술만 취하면 하는 수작이었다.

"그리구 이천만 환짜리 세단 차도 한 대 삽시다. 거기다 똥통이나 싣고 다니게. 모든 새끼들이 아니꼬와서. 일이야 있건 없건 종일 빵 빵 울리면서 동리를 들락날락해야지. 제길. 하하하."

비스듬히 벽에 기대어 앉은 영호는 벌겋게 열에 뜬 얼굴을 하고 담배 연기를 푸 내뿜었다.

"또 술 마셨구나."

고학으로 고생고생 다니던 대학 3학년에서 군대에 들어갔다가 나온 영호로서는, 특별한 기술이 없이 직업을 잡지 못하는 것은 별 도리도 없는 노릇이라 칠 수도 있었지만, 이건 어디서 어떻게 마시는 것인지 거의 저녁마다 이렇게 취해 들어오는 동생 영호가 몹시 못마땅한 철호의 말이었다.

"네, 조금 했습니다. 친구들이……."

그것도 들으나 마나 늘 같은 대답이었다. 또 그것이 거짓말이 아니라는 것도 철호는 알고 있었다.

"이제 술 좀 그만 마셔라."

"친구들과 어울리면 자연히 마시게 되는걸요."

"글쎄 그러니까 그 어울리는 걸 좀 삼가란 말이다."

"그럴 수도 없구요. 하하하."

"그렇다구 언제까지 그저 그렇게 어울려서 술이나 마시면 뭐가 되나?"

"되긴 뭐가 돼요. 그저 답답하니까 만나는 거구, 만나면 어찌어찌하다 한잔씩 하며 이야기나 하는 거죠 뭐."

"글쎄 그게 맹랑한 일이란 말이다."

"그렇지만 형님, 그런 친구들이라도 있다는 게 좋지 않수. 그게 시시한 친구들이라 해도. 정말이지 그놈들마저 없었더라면 어떻게 살뻔했나 하고 생각할 때가 많아요. 외팔이, 절름발이 그런 놈들. 무식한 놈들, 참 시시한 놈들이지요. 죽다 남은 놈들. 그렇지만 형님, 그놈들 다 착한 놈들이야요. 최소한 남을 속이지는 않거든요. 공갈을 때릴망정. 하하하하. 전우, 전우."

영호는 고개를 뒤로 젖히고 천장을 향해 후 — 담배 연기를 내뿜었다. 철호는 그저 물끄러미 영호의 모습을 쳐다볼 뿐 아무 말도 없었다. 영호는 여전히 천정을 향한 채 피어오르는 연기를 바라보며 한 손으로 목의 넥타이를 앞으로 잡아당겨 반쯤 끌러 늦추어 놓았다.

"가자!"

아랫목에서 어머니가 소리를 질렀다.

영호는 슬그머니 아랫목으로 고개를 돌렸다. 한참이나 그렇게 어머니 쪽으로 고개를 돌리고 있는 영호는 아무 말도 없이 그저 눈만 껌뻑껌뻑 하고 있었다.

철호는 길게 한숨을 쉬었다. 앞에 놓인 등잔불이 거물거물 춤을 추었다. 철호는 저고리 호주머니에서 담배를 꺼내었다. 꼬기꼬기 구겨진 파랑새 갑 속에서 담배를 한 개비 뽑아내었다. 바삭바삭 마른 담배는 양끝이 반쯤 빠져나갔다. 철호는 그 양끝을 비벼 말았다. 흡사 비가 모양으로 되었다. 철호는 그 비가 모양의 담배 한 끝을 입에다 물었다.

"이걸 피슈. 형님."

영호가 자기 앞에 놓였던 담뱃갑을 집어서 철호의 앞으로 내밀었다. 빨간색 양담배 갑이었다. 철호는 그 여느 것보다 좀 긴 양담배 갑을 한 번 힐끔 쳐다보았을 뿐, 아무 소리도 없이 등잔불로 입에 문 파랑새 끝을 가져갔다. 영호는 등잔불 위에 꾸부린 형 철호의 어깨를 넌지시 바라보고 있었다. 지지지 소리가 났다. 앞이마에 흐트러져 내렸던 철호의 머리카락이 등잔불에 타며 또르르 말려 올랐다. 철호는 얼굴을 들었다. 한 모금 빨자 벌써 손끝이 따갑게 되어 꽁초가 되어버린 담배를 입에서 떼었다. 천천히 연기를 내뿜는 철호의 미간에는 세로 석 줄의 깊은 주름이 패어졌다. 영호는 들었던 담뱃갑을 도루 방바닥에 내려놓았다. 그리고 조용히 등잔불로 시선을 떨구었다. 그의 입가에서 야릇한 웃음이 – 애달픈, 아니 그 누군가를 비웃는 듯한 그런 미소가 천천히 흘러 지나갔다.

한참 동안 아무도 말이 없었다.

"가자!"

아랫방 아랫목에서 몸을 뒤채는 어머니가 잠꼬대를 했다. 어머니는 이제 꿈속에서마저 생활을 잃어버린 모양이었다. 아주 낮은 그 소리는 한숨처럼 느리게 아래위 방에 가득 차 흘러 사라졌다.

여전히 아무도 말이 없었다.

철호는 꽁초를 손끝에 꼬집어 쥔 채 넋 빠진 사람모양 가물거리는 등잔불을 지켜보고 있었고, 동생 영호는 비스듬히 벽에 기대어 앉은 채 철호의 손끝에서 타고 있는 담배꽁초를 바라보고 있었고, 철호의 아내는 잠든 딸애의 머리맡에 가지런히 놓인 빨간 신발을 요리조리 매만지고 있었다.

"가자!"

또 한 번 어머니의 소리가 저 땅 밑에서 새어 나오듯이 들려왔다.

"형님은 제가 이렇게 양담배를 피우는 게 못마땅하지요?"

영호는 반쯤 탄 담배를 자기의 눈앞에 가져다 그 빨간 불티를 들여다보며 말했다.

"분에 맞지 않지."

철호는 여전히 등잔불을 바라보며 대답했다.

"그렇지만 형님, 형님은 파랑새와 양담배 두 가지 중에서 어느 것이 더 좋으슈?"

"……? 그야 양담배가 좋지. 그래서?"

그래서 너는 보리밥도 못 버는 녀석이 그래 좋은 것은 알아서 양담배를 피우는 거냐, 하는 철호의 눈초리가 번뜩 영호의 면상을 때렸다.

"그래서 전 양담배를 택했어요."

"뭐가?"

"형님은 절 오해하시고 계셔요."

"……?"

"제가 무슨 돈이 있어서 양담배를 사서 피우겠어요. 어쩌다 친구들이 사 주는 것이니 피우는 거지요. 형님은 또 제가 거의 저녁마다 술을 마시고 또 제법 합승을 타고 들어오는 것도 못마땅하시죠. 저도 알고 있어요. 형님은 때때로 이십오 환 전차 삯도 없어서 종로서 근 십 리를 집에까지 터덜터덜 걸어서 돌아오시는 것을. 그렇지만 형님이 걸으신다고 해서, 한사코 같이 타고 가자는 친구들의 호의, 아니 그건 호의도 채 못 되는 싱거운 수작인지도 모르죠. 어쨌든 그것을 굳이 뿌리치고 저마저 걸어야 할 아무 까닭도 없지 않습니까? 이상한 놈들이죠. 술, 담배는 사 주고 합승은 태워 줘도 돈은 안 주거든요."

영호는 손끝으로 뱅글뱅글 비벼 돌리는 담뱃불을 들여다보며 말했다.

"어쨌든 너도 이제 좀 정신 차려 줘야지. 벌써 군대에서 나온 지도 이태나 되지 않니."

"정신 차려야죠. 그렇지 않아도 이달 안으로는 어찌 되든 간에 결판을 내구 말 생각입니다."

"어디 취직을 해야지."

"취직이요? 형님처럼요? 전차 삯도 안 되는 월급을 받고 남의 살림이나 계산해 주란 말이지요?"

"그럼 뭐 별 뾰족한 수가 있는 줄 아니."

"있지요. 남처럼 용기만 조금 있으면."

"……?"

어처구니없는 영호의 수작에 철호는 그저 멍청하니 영호의 얼굴을 쳐다보았다. 손끝이 따가웠다. 철호는 비루 깡통으로 만든 재떨이에 담배를 비벼 껐다.

"용기?"

"네. 용기."

"용기라니?"

"적어도 까마귀만 한 용기만이라도 말입니다. 영리할 필요는 없더군요. 우둔해도 상관없어요. 까마귀는 도무지 허수아비를 무서워하지 않습니다. 참새처럼 영리하지 못한 탓으로 그놈의 까마귀는 애당초에 허수아비를 무서워할 줄조차 모르거든요."

영호의 입가에는 좀 전에 파랑새 꽁초에다 불을 당기는 철호를 바라보던 때와 같은 야릇한 웃음이 또 소리 없이 감돌고 있었다.

"너, 설마 무슨 엉뚱한 계획을 세우고 있는 것은 아니겠지."

철호는 약간 긴장한 얼굴을 하고 영호를 바라보며 꿀꺽 하고 침을 삼켰다.

"아니요. 엉뚱하긴 뭐가 엉뚱해요. 그저 우리들도 남처럼 다 벗어던지고 홀가분한 몸차림으로 달려 보자는 것이죠 뭐."

"벗어던지고?"

"네, 벗어던지고. 양심이고, 윤리고, 관습이고, 법률이고 다 벗어던지고 말입니다."

영호의 큰 두 눈이 유난히 빛나는가 하자 철호의 눈을 정면으로 밀고 들었다.

"양심이고, 윤리고, 관습이고, 법률이고?"

"……."

"너는, 너는……."

"……."

영호는 아무 대답도 하지 않았다. 그러나 눈만은 똑바로 형 철호를 쳐다보고 있었다.

"그렇게나 살자면 이 형도 벌써 잘살 수 있었다."

철호의 목소리는 떨리고 있었다.

"그렇게나라니요?"

"양심을 버리고, 윤리와 관습을 무시하고, 법률까지도 범하고!"

흥분한 철호의 큰 목소리에 영호는 지금까지 철호의 얼굴에 주었던 시선을 앞으로 죽 뻗치고 앉은 자기의 발끝으로 떨구었다.

"저도 형님을 존경하고 있어요. 고생하시는 형님을. 용케 이 고생을 참고 견디는 형님을. 그렇지만 형님은 약한 사람이야요. 용기가 없는 거지요. 너무 양심이 강해요. 아니 어쩌면 사람이 약하면 약한 만치 그만치 반대로 양심이란 가시는 여물고 굳어지는 것인지도 모르죠."

"양심이란 가시?"

"네. 가시지요. 양심이란 손끝의 가십니다. 빼어 버리면 아무렇지도 않은데 공연히 그냥 두고 건드릴 때마다 깜짝깜짝 놀라는 거야요. 윤리요? 그건 나이롱 빤쓰 같은 것이죠. 입으나 마나 불알이 덜렁 비쳐 보이기는 매한가지죠. 관습이요? 그건 소녀의 머리 위에 달린 리본이라고나 할까요? 있으면 예쁠 수도 있어요. 그러나 없대서 뭐 별일도 없어요. 법률? 그건 마치 허수아비 같은 것입니다. 허수아비. 덜 굳은 바가지에다 되는대로 눈과 코를 그리고 수염만 크게 그린 허수아비. 누더기를 걸치고 팔을 쩍 벌리고 서 있는 허수아비. 참새들을 향해서는 그것이 제법 공갈이 되지요. 그러나 까마귀쯤만 돼도 벌써 무서워하지 않아요. 아니 무서워하기는커녕 그놈이 상투 끝에 턱 올라앉아서 썩은 흙을 쑤시던 더러운 주둥이를 쓱쓱 문질러도 별일 없거든요. 흥."

영호는 코웃음을 쳤다. 그리고 거기 문턱 밑에 담뱃갑에서 새로 담배를 한 개 빼어 물고 지금까지 들고 있던 다 탄 꽁다리에서 불을 옮겨 빨았다.

"가자!"

어머니의 그 소리가 또 들렸다. 어머니는 분명히 잠이 들어 있는 것이었다. 그러면서도 간간이 저렇게 가자, 가자 소리를 지르는 것이었다. 그것은 어쩌면 어머니에게는 호흡처럼 생리화해 버린 것인지도 몰랐다.

철호는 비스듬히 모로 앉은 동생 영호의 옆얼굴을 한참이나 노려보고 있었다. 영호는 영호대로 퀭한 두 눈으로 깜박이기를 잊어버린 채 아까부터 앞으로 뻗힌 자기의 발끝을 바라보고 있었다. 이윽고 철호는 영호에게서 눈을 돌려 버렸다. 그리고 아랫방과 윗방 사이 칸막이를 한 널쪽에 등을 기대며 모로 돌아앉았다. 희미한 등잔 불빛에 잠든 딸애의 조그마한 얼굴이 애처로웠다. 그 어린것 옆에 앉은 철호의 아내는 왼쪽 무릎을 세우고 그 위에 손을 펴 깔고 턱을 괴었다. 아까부터 철호와 영호, 형제가 하는 말을 조용히 듣고만 있는 그네는 무엇을 생각하고 있는지 한쪽 손끝으로, 거기 방바닥에 가지런히 놓은 빨간 어린애의 신발만 몇 번이고 쓸어 보고 있었다.

철호는 고개를 푹 떨구어 턱을 가슴에 묻었다. 영호는 새로 피워 문 담배를 연거푸 서너 번 들이 빨았다. 그리고 또 말을 계속하였다.

“저도 형님의 그 생활 태도를 잘 알아요. 가난하더라도 깨끗이 살자는. 그렇지요, 깨끗이 사는 게 좋지요. 그런데 형님 하나 깨끗하기 위하여 치루는 식구들의 희생이 너무 어처구니없이 크고 많단 말입니다. 헐벗고 굶주리고. 형님 자신만 해도 그렇죠. 밤낮 쑤시는 충치 하나 처치 못하시고. 이가 쑤시면 치과에 가서 치료를 하거나 빼어 버리거나 해야 할 거 아니야요. 그런데 형님은 그것을 참고 있어요. 낯을 잔뜩 찌푸리고 참는단 말입니다. 물론 치료비가 없으니까 그러는 수밖에 없겠지요. 그겁니다. 바로 그겁니다. 그 돈을 어떻게든가 구해야죠. 이가 쑤시는데 그럼 어떡게 해요. 그걸 형님처럼, 마치 이 쑤시는 것을 참고 견디는 그것이 돈을－치료비를 버는 것이기나 한 것처럼 생각하는 것. 안 쓰는 것은 혹 버는 셈이 된다고 할 수도 있을 거야요. 그렇지만 꼭 써야 할 데 못 쓰는 것이 버는 셈이라고는 할 수 없지 않아요? 세상에는 이런 세 층의 사람들이 있다고 봅니다. 즉, 돈을 모으기 위해서만으로 필요 이상의 돈을 버는 사람과, 필요하니까 그 필요하니 만치의 돈을 버는 사람과, 또 하나는 이건 꼭 필요한 돈도 채 못 벌고서 그 대신 생활을 졸이는 사람들. 신발에다 발들 맞추는 격으로. 형님은 아마 그 맨 끝의 층에 속하겠지요. 필요한 돈도 미처 벌지 못하는 사람. 깨끗이 살자니까 그럴 수밖에 없다고 하시겠지요. 그래요, 그것은 깨끗하기는 할지 모르죠. 그렇지만 그저 그것뿐이지요. 언제까지나 충치가 쏘아 부은 볼을 싸쥐고 울상일 수밖에 없지요. 그렇지 않습니까? 그야 형님! 인생이 저 골목 안에서 십 환짜리를 받고 코 흘리는 어린애들에게 보여 주는 요지경이라면야 자기가 가지고 있는 돈값만치 구멍으로 들여다보고 말을 수도 있겠지요. 그렇지만 어디 인생이 자기 주머니 속의 돈 액수만치만 살고 그만두고 싶으면 그만둘 수 있는 요지경인가요 어디. 돈만치만 먹고 말을 수 있는 그런 편리한 목구멍인가요 어디. 싫어도 살아야 하니까 문제지요. 사실이지 자살을 할 만치 소중한 인생도 아니고요. 살자니까 돈이 필요하구요. 필요한 돈이니까 구해야죠. 왜 우리라고 좀 더 넓은 테두리, 법률선까지 못 나가란 법이 어디 있어요. 아니 남들은 다 벗어던지구 법률선까지도 넘나들면서 사는데, 왜 우리만이 옹색한 양심의 울타리 안에서 숨이 막혀야 해요. 법률이란 뭐야요. 우리들이 피차에 약속한 선이 아니야요?"

영호는 얼굴을 번쩍 들며 반쯤 끌러 놓았던 넥타이를 마저 끌러서 방 구석에 픽 던졌다.

철호는 여전히 턱을 가슴에 푹 묻은 채 묵묵히 앉아 두 짝 다 엄지발가락이 몽땅 밖으로 나온 뚫어진 양말을 내려다보고 있었다. 나일론 양말을 한 켤레 사면 반년은 무난히 뚫어지지 않고 견딘다는 말은 들었다. 그러나 뻔히 알면서도 번번이 백 환짜리 무명 양말을 사 들고 들어오는 철호였다. 칠백 환이란 돈을 단번에 잘라 낼 여유가 도저히 없는 월급이었던 것이다.

"가자!"

어머니는 또 몸을 뒤채었다.

"그건 억설이야."

철호는 천천히 고개를 들었다. 신문지를 바른 맞은편 벽에, 쭈구리고 앉은 아내의 그림자가 커다랗게 비쳐 있었다. 꼽추처럼 꼬부리고 앉은 아내의 그림자는 헝클어진 머리카락이 괴물스러웠다. 철호는 눈을 감았다. 머리마저 등 뒤 칸막이 반자에 기대었다.

철호의 감은 눈앞에 십여 년 전 아내가 흰 저고리 까만 치마를 입고 선히 나타났다. 무대에 나선 그네는 더욱 예뻤다. E 여자대학 졸업 음악회였다. 노래가 끝나자 박수 소리가 그칠 줄을 몰랐다. 그날 저녁 같이 거리를 거닐던 그녀는 정말 싱싱하고 예뻤었다. 그러나 지금 철호 앞에 쭈그리고 앉은 아내는 그때의 그네가 아니었다. 무슨 둔한 동물처럼 되어 버린 그네. 이제 아무런 희망도 가져 보려고 하지 않는 아내. 철호는 가만히 눈을 떴다. 그래도 아내의 속눈썹만은 전처럼 까맣고 길었다.

"가자!"

철호는 흠칫 놀라 환상에서 깨어났다.

"억설이요? 그런지도 모르죠."

한참이나 잠잠하니 앉아 까물거리는 등잔불을 바라보던 영호의 맥 빠진 대답이었다.

"네 말대로 한다면 돈 있는 사람들은 다 나쁜 사람이란 말밖에 더 되나 어디."

"아니죠. 제가 어디 나쁘고 좋고를 가렸어요. 나쁘긴 누가 나빠요? 왜 나빠요. 아, 잘사는 게 나빠요? 도시 나쁘고 좋고부터 따질 아무런 금도 없지요 뭐."

"그렇지만 지금 네 말로는 잘살자면 꼭 양심이고 윤리고 뭐고 다

버려야 한다는 것이 아니고 뭐야."

"천만에요. 잘못 이해하신 겁니다. 간단히 말씀드리면 이렇다는 것입니다. 즉, 양심껏 살아가면서 잘살 수도 있기는 있다. 그러나 그것은 극히 적다. 거기에 비겨서 그 시시한 것들을 벗어던지기만 하면 누구나 틀림없이 잘살 수 있다."

"그것이 바로 억설이란 말이다. 마음 한구석이 어딘가 비틀려서 하는 억지란 말이다."

"글쎄요. 마음이 비틀렸다고요. 그건 아마 사실일는지 모르겠어요. 분명히 비틀렸어요. 그런데 그 비틀리기가 너무 늦었어요. 어머니가 저렇게 미치기 전에 비틀렸어야 했지요. 한강 철교를 폭파하기 전에 말입니다. 하나밖에 없는 누이동생 명숙이가 양공주가 되기 전에 비틀렸어야 했지요. 환도령이 내리기 전에. 하다못해 동대문 시장에 자리라도 한 자리 비었을 때 말입니다. 그러구 이놈의 배때기에 지금도 무슨 내장이기나 한 것처럼 박혀 있는 파편이 터지기 전에 말입니다. 아니 그보다도 더 전에, 제가 뭐 무슨 애국자나처럼 남들이 다 기피하는 군대에 어머니의 원수를 갚겠노라고 자원하던 그 전에 말입니다."

"……."

"…… 그보다도 더 전에 썩 전에 비틀렸어야 했을지 모르죠. 나면서부터 비틀렸더라면 더 좋았을지도 모르죠."

영호는 푹 고개를 떨구었다. 길게 한숨을 내쉬었다. 그 한숨이 후르르 떨고 있었다. 철호는 한참 동안 아무 말도 하지 않았다. 윗목에 앉아 있던 철호의 아내가 방바닥에 떨어진 눈물을 손끝으로 장난처럼 문지르고 있었다. 영호도 훌쩍훌쩍 코를 들이키고 있었다.

"그렇지만 인생이란 그런 게 아니야. 너는 아직 사람이란 어떻게 살아야만 하는 것인지조차도 모르고 있어."

"그래요. 사람이란 과연 어떻게 살아야 하는 것인지는 정말 모르겠어요. 그렇지만 이제 이 물고 뜯고 하는 마당에서 살자면, 생명만이라도 유지하자면 어떻게 해야 할는지는 알 것 같애요. 허허."

영호는 눈물이 글썽하니 고인 눈을 천장을 향해 쳐들며 자기 자신을 비웃듯이 허허 하고 웃었다.

"가자!"

또 어머니는 가자고 했다. 영호는 아랫목으로 눈을 돌렸다. 철호는 길게 한숨을 쉬었다. 앞의 등잔불이 크게 흔들거렸다. 방 안의 모든 그림자들이 움직였다. 집 전체가 그대로 기울거리는 것 같았다. 그것뿐 조용했다. 밤이 꽤 깊은 모양이었다. 세상이 온통 잠들고 있었다.

저만치 골목 밖에서부터 딱 딱 딱 딱 구둣발 소리가 뾰족하게 들려왔다. 점점 가까워 왔다. 바로 아랫방 문 앞에서 멎었다. 영호는 문께로 얼굴을 돌렸다. 삐걱삐걱 두어 번 비틀리던 방문이 열렸다. 여동생 명숙이가 들어섰다. 싱싱한 몸매에 까만 투피스가 제법 어느 회사의 여사무원 같았다.

"늦었구나."

영호가 여전히 두 다리를 쭉 뻗고 앉은 채 고개만 뒤로 젖혀서 명숙을 쳐다보았다.

명숙은 영호의 말에 아무런 대꾸도 없이 돌아서서 문 밖에서 까만 하이힐을 집어 올려 아랫방 모서리에 들여놓았다. 그리고 백을 휙 방 구석에 던졌다. 겨우 윗저고리와 스커트를 벗어 걸은 명숙은 아랫방 뒷구석에 가서 털썩 하고 쓰러지듯 가로누워 버렸다. 그리고 거기 접어 놓은 담요를 끌어다 머리 위에서부터 푹 뒤집어썼다.

철호는 명숙을 거들떠보지도 않고 덤덤히 등잔불만 지켜보고 있었다.

철호는 언젠가 퇴근하던 길에 전차 창문 밖으로 본 명숙의 꼴을 생각하고 있는 것이었다.

철호가 탄 전차가 을지로 입구 십자거리에 머물러 신호를 기다리고 있었다. 손잡이를 붙들고 창을 향해 서 있던 철호는 무심코 밖을 내다보았다. 전차 바로 옆에 미군 지프차가 한 대 와 섰다. 순간 철호는 확 낯이 달아올랐다.

핸들을 쥔 미군 바로 옆자리에 색안경을 쓴 한국 여자가 앉아 있었다. 그것이 바로 명숙이였던 것이다. 바로 철호의 턱밑에서였다. 역시 신호를 기다리는 그 지프차 속에서 미군이 한 손은 핸들에 걸치고 또 한 팔로는 명숙의 허리를 넌지시 끌어안는 것이었다. 미군이 명숙의 얼굴을 들여다보며 뭐라고 수작을 걸었다. 명숙은 다리를 겹치고 앉은 채 앞을 바라보는 자세 그대로 고개를 까딱거렸다. 그 미군 지프차 저편에 선 택시 조수가 명숙이와 미군을 쳐다보며 피시시 웃었다. 전차 간에서도 마찬가지였다. 철호 바로 옆에 나란히 서 있던 청년 둘이 쑥덕거렸다.

"그래도 멋은 부렸네."

"멋? 그래 색안경을 썼으니 말이지?"

"장사치곤 고급이지, 밑천 없이."

"저것도 시집을 갈까?"

"흥."

철호는 손잡이를 놓았다. 그리고 반대편 가운데 문께로 가서 돌아서고 말았다. 그것은 분명히 슬픈 감정만은 아니었다. 뭐라고 말할 수조차 없는 숯 덩어리 같은 것이 꽉 목구멍을 치밀었다. 정신이 아뜩해지는 것 같았다. 하품을 하고 난 뒤처럼 콧속이 싸하니 쓰리면서 눈물이 징 솟아올랐다. 철호는 앞에 있는 커다란 유리를 콱 머리로 받아 부수고 싶은 충동을 느끼며, 어금니를 꽉 맞씹었다. 찌르르 벨이 울렸다. 덜커덩 전차가 움직였다. 철호는 문짝에 어깨를 가져다 기대고 눈을 감아 버렸다.

그날부터 철호는 정말 한마디도 누이동생 명숙이와 말을 하지 않았다. 또 명숙이도 철호를 본체만체했다.

"자, 우리도 이제 잡시다."

영호가 가슴을 펴서 내어밀며 바로 앉았다.

등잔불을 끄고 두 방 사이의 문을 닫았다.

푹 가라앉는 것같이 피곤했다. 그러면서도 철호는 정작 잠을 이룰 수는 없었다. 밤은 고요했다. 시간이 그대로 흐르기를 멈추어 버린 것같이 조용했다. 철호의 아내도 이제 잠이 들었나 보다. 앓는 소리를 내었다. 철호는 눈을 감았다. 어딘가 아득히 먼 것을 느끼고 있었다. 철호도 잠이 들어 가고 있었다.

"가자!"

다들 잠든 밤의 그 어머니의 소리는 엉뚱하게 컸다. 철호는 흠칠 눈을 떴다. 차츰 눈이 어둠에 익어 갔다. 며칠인가, 문틈으로 새어 들은 달빛이 철호의 옆에서 잠든 딸애의 머리에서부터 발끝까지 죽 파란 줄을 그었다. 철호는 다시 눈을 감았다. 길게 한숨을 쉬며 벽을 향해 돌아누웠다.

"가자!"

또 어머니가 소리를 질렀다. 그러나 철호는 눈을 뜨지 않았다. 그도 마저 잠이 들어 버린 것이었다.

그런데 이번에는 아랫방에서 명숙이가 눈을 떴다. 아랫목에 어머니와 윗목에 오빠 영호 사이에 누운 명숙은 어둠 속에 가만히 손을 내어 밀었다. 어머니의 손을 더듬어 잡았다. 뼈 위에 겨우 가죽만이 씌워진 손이었다. 그 어머니의 손에서는 체온이 느껴지는 것이 아니라 축축이 습기가 미끈거렸다. 명숙은 어머니 쪽을 향하여 돌아누웠다. 한쪽 손을 마저 내밀어서 두 손으로 어머니의 송장 같은 손을 감싸 쥐었다.

"가자!"

딸의 손을 느끼는지 못 느끼는지 어머니는 또 한 번 허공을 향해 가자고 소리 질렀다.

"엄마!"

명숙의 낮은 소리였다. 명숙은 두 손으로 감싸 쥔 어머니의 여윈 손을 가만히 흔들었다.

"가자!"

"엄마!"

기어이 명숙은 흐느끼기 시작하였다. 명숙은 어머니의 손을 끌어다 자기의 입에 틀어막았다.

"엄마!"

숨을 죽여 가며 참는 명숙의 울음은 한숨으로 바뀌며 어머니의 손가락을 입 안에서 잘근잘근 씹어 보는 것이었다.

"겁내지 말라."

옆에서 영호가 잠꼬대를 했다.

"가자!"

어머니는 명숙의 손에서 자기의 손을 빼어 가지고 저쪽으로 돌아누워 버렸다.

명숙은 다시 담요를 끌어다 머리 위까지 푹 썼다. 그리고 담요 속에서 흐득흐득 울고 있었다.

"엄마."

이번엔 윗방에서 어린 것이 엄마를 불렀다.

철호는 잠 속에서 멀리 그 소리를 들었다. 그러면서도 채 잠이 깨어지지는 않았다.

"엄마."

어린것은 또 한 번 엄마를 불렀다.

"오 오, 왜 엄마 여기 있어."

아내의 반쯤 깬 소리였다. 어린것을 끌어다 안는 모양이었다. 철호는 그 소리를 멀리 들으며 다시 곤히 잠들어 버렸다.

"오줌."

"오, 오줌 누겠니. 자 일어나. 착하지."

철호의 아내는 일어나 앉으며 어린것을 안아 일으켰다. 구석에서 깡통을 끌어다 대어 주었다.

"참, 삼춘이 네 신발 사 왔지. 아주 예쁜데. 볼래?"

깡통을 타고 앉은 어린것을 뒤에서 안아 주고 있던 철호의 아내는 한 손으로 어린것의 베개 맡에 놓아두었던 신발을 집어다 보여 주었다. 희미하게 달빛이 들이비쳤을 뿐인 어두운 방 안에서는 그것은 그저 겨우 모양뿐, 색채를 잃고 있었다.

"내 꺼야? 엄마."

"그래. 네 꺼야."

"예뻐?"

"참 예뻐. 빨강이야."

"응……."

어린것은 잠에 취한 소리로 물으며 신발을 두 손에 받아 가슴에 안았다.

"자, 이제 거기 놔두고 자야지."

"응, 낼 신어도 돼?"

"그럼."

어린것은 오물오물 담요 속을 파고들어 갔다.

"엄마. 낼 신어도 돼?"

"그럼."

뭐든가 좀 좋은 것은 아껴야 한다고만 들어오던 어린것은 또 한 번 이렇게 다짐하는 것이었다.

아내는 어린것의 담요 가장자리를 꼭 꼭 눌러 주고 나서 그 옆에 누웠다.

다들 다시 잠이 들었다. 어느 사이에 달빛이 비껴서 칼날 같은 빛을 철호의 가슴으로 옮겼다. 어린것이 부시시 머리를 들었다. 배를 깔고 엎드렸다. 어린것은 조그마한 손을 베개 너머로 내밀었다. 거기 가지런히 놓아둔 신발을 만져 보았다. 어린것은 안심한 듯이 다시 베개를 베고 누웠다. 또다시 조용해졌다. 한참 만에 또 어린것이 움직거렸다. 잠이 든 줄만 알았던 어린것은 또 엎드렸다. 머리맡에 신발을 또 끌어당겼다. 조그마한 손가락으로 신발 코를 꼭 눌러 보았다. 그러고는 이번에는 아주 자리 위에 일어나 앉았다. 신발을 무릎 위에 들어 올려놓았다. 달빛에다 신발을 들이대어 보았다. 바닥을 뒤집어 보았다. 두 짝을 하나씩 두 손에 갈라들고 고무바닥을 맞대어 보았다. 이번엔 발을 앞으로 내놓았다. 가만히 신발을 가져다 신었다. 앉은 채로 꼭 방바닥을 디디어 보았다.

"가자!"

어린것은 깜짝 놀랐다. 얼른 신발을 벗었다. 있던 자리에 도로 모아 놓았다. 그리고 한 번 더 신발을 바라보고 난 어린것은 살그머니 누웠다. 오물오물 담요 속으로 기어 들어갔다.

점심을 못 먹은 배는 오후 두 시에서 세 시 사이가 제일 견디기 힘들었다. 철호는 펜을 장부 위에 놓았다. 저쪽 구석에 돌아앉은 사환 애를 바라보았다. 보리차라도 한 잔 더 마시고 싶엇다. 그러나 두 잔까지는 사환 애를 시켜서 가져오랄 수 있었으나 세 번까지는 부르기가 좀 미안했다. 철호는 걸상을 뒤로 밀고 일어섰다. 책상 모서리에 놓인 찻종을 집어 들었다. 그리고 출입문으로 나갔다. 복도의 풍로 위에서 커다란 주전자가 끓고 있었다. 보리차를 찻종 하나 가득히 부었다. 구수한 냄새가 피어올랐다. 철호는 뜨거운 찻종을 손가락으로 꼬집어 들고 조심조심 자기 자리로 돌아와 앉았다. 그리고 찻종을 입으로 가져갔다. 후 불었다. 마악 한 모금 들이마시는 때였다.

"송 선생님, 전화입니다."

사환 애가 책상 앞에 와 알렸다. 철호는 얼른 찻종을 책상 위에 내려놓았다. 그리고 과장 책상 앞으로 갔다. 수화기를 들었다.

"네, 송철호올시다. 네? 경찰서요? 전 송철호라는 사람인데요? 네? 송영호요? 네 바로 제 동생입니다. 무슨? 네? 네? 송영호가요? 제 동생이 말입니까? 곧 가겠습니다. 네, 네."

철호는 수화기를 걸었다. 그리고 걸어 놓은 수화기를 멍하니 내려다보고 서 있었다. 사무실 안 사람들의 시선이 모두 철호에게로 쏠렸다.

"무슨 일인가. 동생이 교통사고라도?"

서류를 뒤적이던 과장이 앞에 서 있는 철호를 쳐다보며 물었다.

"네? 네, 저 과장님, 잠깐 다녀오겠습니다."

철호는 마시던 보리차를 그대로 남겨 둔 채 사무실을 나섰다. 영문을 모르는 동료들이 서로 옆의 사람의 얼굴을 힐끗 쳐다보는 것이었다.

철호는 전에도 몇 번 경찰서의 호출을 받은 일이 있었다.

양공주 노릇을 하는 누이동생 명숙이가 걸려들면 그 신원 보증을 해야 하는 철호였다. 그때마다 철호는 치안관 앞에서 낯을 못 들고 앉았다가 순경이 앞세우고 나온 명숙을 데리고 아무 말도 없이 경찰서 뒷문을 나서곤 하였다. 그럴 때면 철호는 울었다. 하나밖에 없는 누이동생이 정말 밉고 원망스러웠다. 철호는 명숙을 한 번 돌아다보는 일도 없이 전찻길을 따라 사무실로 걸었고, 또 명숙은 명숙이대로 적당한 곳에서 마치 낯도 모르는 사람이나처럼 딴 길로 떨어져 가 버리곤 하는 것이었다.

그런데 이번에는 누이동생이 아니라 남동생 영호의 건이라고 했다. 며칠 전 밤에 취해서 지껄이던 영호의 말들이 머리를 스치고 지나갔다. 불안했다. 그런들 설마 하고 마음을 다시 먹으며 철호는 경찰서 문을 들어섰다.

권총 강도.

형사에게서 동생 영호의 사건 내용을 들은 철호는 앞에 앉은 형사의 얼굴을 바보모양 멍청히 바라보고 있을 뿐이었다. 점점 핏기가 가셔 가는 철호의 얼굴은 표정을 잃은 채 굳어 가고 있었다.

어느 회사에서 월급을 줄 돈 천오백만 환을 찾아서 은행 앞에 대기시켰던 지프차에 싣고 마악 떠나려고 하는데 중절모를 깊숙이 눌러 쓰고 색안경을 낀 괴한 두 명이 차 속으로 올라오며 권총을 내어 들더라는 것이었다.

"겁내지 말라! 차를 우이동으로 돌리라."

운전수와 또 한 명 회사원은 차가운 권총 구멍을 등에 느끼며 우이동까지 갔다고 한다. 어느 으슥한 숲 속에서 차를 세웠다고 한다. 그러고는 둘이 다 차 밖으로 나가라고 한 다음, 괴한들이 대신 운전대로 옮아앉더라고 한다. 운전수와 회사원은 거기 버려둔 채 차는 전속력으로 다시 시내로 향해 달렸단다. 그러나 지프차는 미아리도 채 못 와서 경찰에 붙들리고 말았다는 것이었다. 그런데 차 안에는 괴한이 한 사람밖에 없었다고 한다.

형사가 동생을 면회하겠느냐고 물었을 때도 철호는 그저 얼이 빠져서, 두 무릎 위에 맥없이 손을 올려놓고 앉은 채 아무 대답도 못했다.

이윽고 형사실 뒷문이 열리더니 거기 영호가 나타났다.

"이리로 와."

수갑이 채워진 두 손을 배 앞에다 모으고 천천히 형사의 책상 앞으로 걸어 나오는 영호는 거기 걸상에 앉았다 일어서는 철호를 향하여 약간 머리를 끄덕여 보였다. 동생의 얼굴을 뚫어져라고 바라보고 서 있는 철호의 여윈 볼이 히물히물 움직였다. 괴로울 때의 버릇으로 어금니를 꽉꽉 씹고 있는 것이었다.

형사는 앞에 와서 선 영호에게 눈으로 철호를 가리켰다. 영호는 철호에게로 돌아섰다.

"형님, 미안합니다. 인정선(人情線)에서 걸렸어요. 법률선까지는 무난히 뛰어넘었는데. 쏘아 버렸어야 하는 건데."

영호는 철호의 얼굴을 들여다보며 빙그레 웃었다. 그러고는 옆으로 비스듬히 얼굴을 떨구며 수갑을 채운 채인 오른손 염지를 권총 방아쇠를 당기는 때처럼 까불여서 지긋이 당겨 보는 것이었다.

철호는 눈도 깜박하지 않고 그저 영호의 머리카락이 흐트러져 내린 이마를 바라보고 있었다.

"돌아가세요, 형님."

영호는, 등신처럼 서 있는 형이 도리어 민망한 듯 조용히 말했다.

"수감해."

형사가 문간에 지키고 서 있는 순경을 돌아보았다.

영호는 그에게로 오는 순경을 향해 마주 걸어갔다. 영호는 뒷문으로 끌려 나가다 말고 멈춰 섰다. 그리고 뒤를 돌아보았다.

"형님. 어린것 화신 구경이나 한번 시키세요. 제가 약속했었는데."

뒷문이 쾅 닫혔다. 철호는 여전히 영호가 사라진 뒷문을 바라보고 서 있었다. 눈이 뿌옇게 흐려졌다. 아무것도 보이지 않았다.

"쏠 의사는 처음부터 없었던 것 같은데."

조서를 한옆으로 밀어 놓으며 형사가 중얼거렸다. 철호는 거기 걸상에 가만히 걸터앉았다.

"혹시 그 같이 한 청년을 모르시나요?"

철호의 귀에는 형사의 말소리가 아주 멀었다.

"끝내 혼자서 했다고 우기는데, 그러나 증인이 있으니까 이제 차츰 사실대로 자백하겠지만."

여전히 철호는 말이 없었다.

경찰서를 나온 철호는 어디를 어떻게 걸었는지 알 수 없었다. 철호는 술 취한 사람모양 허청거리는 다리로 자기 집이 있는 언덕길을 올라가고 있었다. 철호는 골목길 어귀에 들어섰다.

"가자!"

철호는 거기 멈춰 섰다. 고개를 뒤로 젖혔다. 그러나 그는 하늘을 쳐다보는 것이 아니었다. 하 하고 숨을 크게 내쉬는 철호는 울고 있었다. 눈물이 코 속으로 흘러서 찝찝하니 목구멍을 넘어갔다.

"가자. 가자. 어딜 가잔 거야? 도대체 어딜 가잔 거야?"

철호는 꽥 소리를 지르고 있었다. 거기 처마 밑에 모여 앉아서 소꿉질을 하던 어린애들이 부시시 일어서며 그를 쳐다보았다. 철호는 그 앞을 모른 체 지나쳐 버렸다.

"오빤 어딜 그렇게 돌아다뉴?"

철호가 아랫방에 들어서자 윗방 구석에서 고리짝을 열어 놓고 뒤지고 있던 명숙이가 역한 소리를 했다. 윗방에는 넝마 같은 옷가지들이 한 무더기 쌓여 있었다. 딸애는 고리짝 옆에 쪼그리고 앉아서 명숙이가 뒤져 내놓는 헌 옷들을 무슨 진귀한 것이나처럼 지켜보고 있었다. 철호는 아내가 어딜 갔느냐고 물어보려다 말고 그대로 윗방 아랫목에 털썩 주저앉아 버렸다.

"어서 병원에 가 보세요."

명숙은 여전히 고리짝을 들추며 돌아앉은 채 말했다.

"병원엘?"

"그래요."

"병원에라니?"

"언니가 위독해요. 어린애가 걸렸어요."

"뭐가?"

철호는 눈앞이 아찔했다.

점심때부터 진통이 시작되었는데 영 해산을 못하고 애를 썼단다. 그런데 죽을 악을 쓰다 보니까 어린애의 머리가 아니라 팔부터 나왔다고 한다. 그래 병원으로 실어 갔는데, 철호네 회사에 전화를 걸었더니 나가고 없더라는 것이었다.

"지금쯤은 아마 애기를 낳았거나, 그렇지 않으면……."

명숙은 흰 헝겊들을 골라 개켜서 한옆으로 젖혀 놓으며 말했다. 아마 어린애의 기저귀를 고르고 있는 모양이었다. 그런데 이상했다. 좀 전에 아찔하던 정신이 사르르 풀리며 온몸의 맥이 쑥 빠져나갔다. 철호는 오래간만에 머릿속이 깨끗이 개는 것을 느꼈다.

말라리아를 앓고 난 다음 날처럼 맥은 하나도 없으면서 머리는 비상히 깨끗했다. 뭐 놀랄 일이 있느냐 하는 심정이 되었다. 마치 회사에서 무슨 사무를 한 뭉텅이 맡았을 때와 같은 심사였다. 철호는 호주머니에서 담배를 꺼내어 물었다. 언제나 새로 사무를 맡아 시작하기 전에 하는 버릇이었다. 철호는 일어섰다. 그리고 문을 열었다.

"어딜 가슈?"

명숙이가 돌아보았다.

"병원에."

"무슨 병원인지도 모르면서."

철호는 참 그렇다고 생각했다.

"S 병원이야요."

"……."

철호는 슬그머니 문 밖으로 한 발을 내디디었다.

"돈을 가지고 가야지 뭐."

"…… 돈."

철호는 다시 문 안으로 들어섰다. 우두커니 발부리를 내려다보고 서 있었다. 명숙이가 일어섰다. 그리고 아랫방으로 내려갔다. 벽에 걸어 놓았던 핸드백을 열었다.

"옛수."

백 환짜리 한 다발이 철호 앞 방바닥에 던져졌다. 명숙은 다시 돌아서서 백을 챙기고 있었다. 철호는 명숙의 뒷모습을 물끄러미 바라보고 있었다. 철호의 눈이 명숙의 발뒤축에 머물렀다. 나일론 양말이 계란만치 구멍이 뚫렸다. 철호는 명숙의 그 구멍 뚫린 양말 뒤축에서 어떤 깨끗함을 느끼고 있었다. 오래간만에 참으로 오래간만에 철호는 명숙에 대한 오빠로서의 애정을 느꼈다.

"가자."

어머니가 또 외마디소리를 질렀다.

철호는 눈을 발밑에 돈다발로 떨구었다. 허리를 꾸부렸다. 연기가 든 때처럼 두 눈이 싸하니 쓰렸다.

"아버지, 병원에 가? 엄마 애기 났어?"

"그래."

철호는 돈을 저고리 호주머니에 구겨 넣으며 문을 나섰다.

"가자."

골목을 빠져나가는 철호의 등 뒤에서 또 한 번 어머니의 소리가 들려왔다.

아내는 이미 죽어 있었다.

"네. 그래요."

철호는 간호원보다도 더 심상한 표정이었다. 병원의 긴 복도를 휘청휘청 걸어서 널따란 현관으로 나왔다. 시체가 어디 있느냐고 묻지도 않았다. 무엇인가 큰일이 한 가지 끝났다는 그런 기분이었다. 아니 또 어찌 생각하면 무언가 해야 할 일이 많이 생긴 것 같은 무거운 기분이기도 했다. 그러면서도 그 해야 할 일이 무엇인지는 좀처럼 생각이 나질 않았다. 그저 이제는 그리 서두를 필요도 없어졌다는 생각만으로 철호는 거기 병원 현관에 한참이나 우두커니 서 있었다.

이윽고 병원의 큰 문을 나선 철호는 전찻길을 따라서 천천히 걸었다. 자전거가 휙 그의 팔굽을 스치고 지나갔다. 그는 멈춰 섰다. 자기도 모르게 그는 사무실 쪽으로 걸어가고 있었다. 여섯 시도 더 지났을 무렵이었다. 이제 사무실로 가야 할 아무 일도 없었다. 그는 전찻길을 건넜다. 또 한참 걸었다. 그는 또 멈춰 섰다. 이번엔 어느 사이에, 낮에 왔던 경찰서 앞에 와 있었다. 그는 또 돌아섰다. 또 걸었다. 그저 걸었다. 집으로 돌아가자는 생각도 아니면서 그의 발길은 자동 기계처럼 남대문 쪽을 향해 걷고 있었다. 문방구점, 라디오방, 사진관, 제과점. 그는 길가에 늘어선 이런 가게의 진열장을 하나하나 기웃거리며 걷고 있었다. 그러면서도 무엇이 있는지 하나도 보이지는 않았다. 그러던 철호는 또 우뚝 섰다. 그는 거기 눈앞에 걸린 간판을 쳐다보고 있었다. 장기판만 한 흰 판에 빨간 페인트로 '치과'라고 써 있었다. 철호는 갑자기 자기 이가 쑤시는 것을 느꼈다. 아침부터, 아니 벌써 전부터 훌떡훌떡 쑤시는 충치가 갑자기 아파 왔다. 양쪽 어금니가 아래위 다 쑤셨다. 사실은 어느 것이 정말 쑤시는 것인지조차도 분간할 수가 없었다. 철호는 호주머니에 손을 넣어 보았다. 만 환 다발이 만져졌다.

철호는 치과 간판이 걸린 층계 이층으로 올라갔다.

치과 걸상에 머리를 젖히고 입을 아 벌리고 앉았다. 의사는 달가닥달가닥 소리를 내며 이것저것 여러 가지 쇠꼬치를 그의 입에 넣었다 꺼냈다 하였다. 철호는 매시근하니 잠이 왔다. 아무런 생각도 하지 않고 입을 크게 벌린 채 눈을 감고 있었다.

"좀 아팠지요? 뿌리가 꾸부러져서."

의사가 집게에 뽑아 든 이를 철호의 눈앞에 가져다 보여 주었다. 속이 시꺼멓게 썩은 징그러운 이뿌리에 빨건 살점이 묻어 나왔다. 철호는 솜을 입에 문 채 머리를 좌우로 흔들어 보였다. 사실 아프지도 아무렇지도 않았다.

"됐습니다. 한 삼십 분 후에 솜을 빼 버리슈. 피가 좀 나올 겁니다."

"이쪽을 마저 빼 주시오."

철호는 옆의 타구에 침을 뱉고 나서 또 한쪽 볼을 눌러 보였다.

"어금니를 한 번에 두 대씩 빼면 출혈이 심해서 안 됩니다."

"괜찮습니다."

"아니, 내일 또 빼지요."

"다 빼 주십시오. 한목에 몽땅 다 빼 주십시오."

"안 됩니다. 치료를 해 가면서 한 대씩 빼야지요."

"치료요? 그럴 새가 없습니다. 마악 쑤시는걸요."

"그래도 안 됩니다. 빈혈증이 일어나면 큰일 납니다."

하는 수 없었다. 철호는 치과를 나왔다. 또 걸었다. 잇몸이 밍 하니 아픈 것 같기도 하고 또 어찌하면 시원한 것 같기도 했다. 그는 한 손으로 볼을 쓸어 보았다.

그렇게 얼마를 걷던 철호는 거기에 또 치과 간판을 발견하였다. 역시 이층이었다.

"안 될 텐데요."

거기 의사도 꺼렸다. 철호는 괜찮다고 우겼다. 한쪽 어금니를 마저 빼었다. 이번에는 두 볼에다 다 밤알만큼씩 한 솜 덩어리를 물고 나왔다. 입 안이 찝찔했다. 간간이 길가에 나서서 피를 뱉었다. 그때마다 시뻘건 선지피가 간 덩어리처럼 엉겨서 나왔다.

남대문을 오른쪽에 끼고 돌아서 서울역이 보이는 데까지 왔을 때 으스스 몸이 한 번 떨렸다. 머리가 휑하니 비어 버린 것 같다고 생각했다. 바로 그때에 번쩍 거리에 전등이 들어왔다. 눈앞이 한 번 환해졌다. 다음 순간에는 어찌 된 셈인지 좀 전에 전등이 켜지기 전보다 더 거리가 어두워졌다. 철호는 눈을 한 번 꾹 감았다 다시 떴다. 그래도 매한가지였다. 이건 배 속이 비어서 이렇다고 철호는 생각했다. 그는 새삼스레, 점심도 저녁도 안 먹은 자기를 깨달았다. 뭐든가 좀 먹어야겠다고 생각했다. 구수한 설렁탕 생각이 났다. 입 안에 군침이 하나 가득히 고였다. 그는 어느 전주 밑에 가서 쭈그리고 앉아서 침을 뱉었다. 그런데 그것은 침이 아니라 진한 피였다. 그는 다시 일어섰다. 또 한 번 오한이 전신을 간질이고 지나갔다. 다리가 약간 떨리는 것 같았다. 그는 속히 음식점을 찾아내어야겠다고 생각했다. 서울역 쪽으로 허청허청 걸었다.

"설렁탕."

무슨 약 이름이기나 한 것처럼 한마디 일러 놓고는 그는 식탁 위에 엎드려 버렸다. 또 입 안으로 하나 찝찔한 물이 고였다. 철호는 머리를 들었다. 음식점 안을 한 바퀴 휘 둘러보았다. 머리가 아찔했다. 그는 일어섰다. 그리고 문 밖으로 급히 걸어 나갔다. 음식점 옆 골목에 있는 시궁창에 가서 쭈그리고 앉았다. 울컥 하고 입 안엣 것을 뱉었다. 그러나 이번에는 주위가 어두워서 그것이 핀지 또는 침인지 알 수 없었다. 철호는 저고리 소매로 입술을 닦으며 일어섰다. 이를 뺀 자리가 쿡 한 번 쑤셨다. 그러자 뒤이어 거기서 호응이나 하듯이 관자놀이가 또 쑤셨다. 철호는 아무래도 좀 이상하다고 생각하였다. 이제 빨리 집으로 돌아가 누워야겠다고 생각했다. 그는 다시 큰길로 나왔다. 마침 택시가 한 대 왔다. 그는 손을 한 번 흔들었다.

철호는 던져지듯이 털썩 택시 안에 쓰러졌다.

"어디로 가시죠?"

택시는 벌써 구르고 있었다.

"해방촌."

자동차는 스르르 속력을 늦추었다. 해방촌으로 가자면 차를 돌려야 하는 까닭이었다. 운전수는 줄지어 달려오는 자동차의 사이가 생기기를 노리고 있었다. 저만치 자동차의 행렬이 좀 끊겼다. 운전수는 핸들을 잔뜩 비틀어 쥐었다. 운전수가 몸을 한편으로 기울이며 마악 핸들을 틀려는 때였다. 뒷자리에서 철호가 소리를 질렀다.

"아니야. S 병원으로 가."

철호는 갑자기 아내의 죽음을 생각했던 것이었다. 운전수는 다시 휙 핸들을 이쪽으로 틀었다. 운전수 옆에 앉아 있는 조수 애가 한번 철호를 돌아보았다. 철호는 뒷자리 한구석에 가서 몸을 틀어박은 채 고개를 뒤로 젖히고 눈을 감고 있었다. 차는 한국은행 앞 로터리를 돌고 있었다. 그때에 또 뒤에서 철호가 소리를 질렀다.

"아니야. × 경찰서로 가."

눈을 감고 있는 철호는 생각하는 것이었다. 아내는 이미 죽었는데, 하고. 이번에는 다행히 차의 방향을 바꿀 필요가 없었다. 그냥 달렸다.

"× 경찰서 앞입니다."

철호는 눈을 떴다. 상반신을 번쩍 일으켰다. 그러나 곧 또 털썩 뒤로 기대고 쓰러져 버렸다.

"아니야. 가."

"× 경찰서입니다, 손님."

조수 애가 뒤로 목을 틀어 돌리고 말했다.

"가자."

철호는 여전히 눈을 감고 있었다.

"어디로 갑니까?"

"글쎄 가."

"허, 참 딱한 아저씨네."

"……."

"취했나?"

운전수가 힐끔 조수 애를 쳐다보았다.

"그런가 봐요."

"어쩌다 오발탄 같은 손님이 걸렸어. 자기 갈 곳도 모르게."

운전수는 기어를 넣으며 중얼거렸다. 철호는 까무룩히 잠이 들어가는 것 같은 속에서 운전수가 중얼거리는 소리를 멀리 듣고 있었다. 그리고 마음속으로 혼자 생각하는 것이었다. ―아들 구실, 남편 구실, 애비 구실, 형 구실, 오빠 구실, 또 계리사 사무실 서기 구실, 해야 할 구실이 너무 많구나. 너무 많구나. 그래 난 네 말대로 아마도 조물주의 오발탄인지도 모른다. 정말 갈 곳을 알 수가 없다. 그런데 지금 나는 어디건 가긴 가야 한다.

철호는 점점 더 졸려 왔다. 저린 것처럼 머리의 감각이 차츰 없어져 갔다.

"가자."

철호는 또 한 번 귓가에 어머니의 소리를 들었다고 생각하며 푹 모로 쓰러지고 말았다.

차가 네거리에 다다랐다. 앞의 교통 신호대에 빨간 불이 켜졌다. 차가 섰다. 또 한 번 조수 애가 뒤를 돌아보며 물었다.

"어디로 가시죠?"

그러나 머리를 푹 앞으로 수그린 철호는 아무 대답도 없었다. 따르릉 벨이 울렸다. 긴 자동차의 행렬이 움직이기 시작했다. 철호가 탄 차도 목적지를 모르는 대로 행렬에 끼어서 움직이는 수밖에 없었다. 철호의 입에서 흘러내린 선지피가 흥건히 그의 와이셔츠 가슴을 적시고 있는 것을 아무도 모르는 채, 교통 신호대의 파란불 밑으로 차는 네거리를 지나갔다.

《현대문학》 1959년 10월호

계리사 회계에 관한 감사, 감정, 계산, 정리, 입안, 세무 대리 따위를 전문적으로 처리할 수 있는 법적 자격을 갖춘 사람.

고리짝 버드나무 가지나 가늘게 쪼갠 대나무 따위로 엮어서 상자같이 만든 물건.

까부리다 조금 바투 꼬부리다.

넝마 낡고 해어져서 입지 못하게 된 옷이나 이불 따위를 이르는 말.

더뎅이 부스럼 딱지나 때 따위가 거듭 붙어서 된 조각.

레이션(ration) 곽 군대에서 배급되는 휴대용 식량인 레이션을 담았던 상자.

매시근하다 기운이 없고 나른하다.

목달이 양말이나 속옷 같은 데서 천의 짜임이 쉽게 늘었다 줄었다 할 수 있게 된 손목이나 발목 부분.

비가 빠른 배.

살눈썹 속눈썹.

양공주 예전에, 미군 병사를 상대로 몸을 파는 여자를 이르던 말.

억설 근거도 없이 억지로 고집을 세워서 우겨 대는 말.

염지 집게손가락. 엄지손가락과 가운뎃손가락 사이에 있는 둘째 손가락.

찻종 차를 따라 마실 수 있게 만든 조그마한 그릇.

타구 가래나 침을 뱉는 그릇.

헌데 살갗이 헐어서 상한 자리.

화신 화신백화점. 민족 자본으로 설립되어 우리 민족에 의해 경영되었던 최초의 백화점.

환도령 환도(전쟁 따위의 국난으로 인하여 정부가 한때 수도를 버리고 다른 곳으로 옮겼다가 다시 옛 수도로 돌아옴.)를 하라는 명령.

1 철호의 가족은 어떤 상황에 놓여 있는지, 왜 그런 상황에 이르게 된 것인지 이야기 해 봅시다.

2 어머니가 정신이 나간 상황에서도 끊임없이 "가자!"라고 외치는 이유는 무엇일지 생각해 봅시다.

3 의사의 경고에도 불구하고 철호는 왜 아픈 이를 모두 뽑으려고 했을까요?

4 소설 속 인물들의 삶을 제목 '오발탄'과 관련지어 이야기해 봅시다.

철호네 가족은 북에서 꽤 큰 지주로 풍족하게 살아왔으나 해방 이후 자유를 찾아 남한으로 내려왔다. 그러나 '자유'라는 말을 이해하지 못하는 철호 어머니는 해방촌 판잣집 생활을 받아들일 수 없어 늘 '고향으로 가자'는 말을 되풀이한다. 그러다 6·25 전쟁이 터지고 사방이 폭격으로 무너지는 모습을 목격한 어머니는 정신 이상 증세를 보이며 자식도 제대로 알아보지 못하고 '가자'라는 소리만 괴성처럼 질러 댈 뿐이다.

계리사 사무실 서기로 일하는 철호는 형편이 어려워 점심을 굶고, 아픈 이를 빼지도 못하는 형편이다. 또 대학에서 음악을 전공했던 만삭의 아내는 예전의 미모는 간 곳 없이 누더기처럼 기운 담요 바지를 입고, 모든 희망을 잃어버린 것처럼 말이 없다. 동생 영호는 대학교 3학년 때 어머니의 원수를 갚겠다고 군대에 자원입대했다가 배 속에 파편이 박힌 채 제대를 한 뒤 2년째 취직을 하지 못하고 있으면서 군대 친구들을 만나 술을 마시고 다닌다. 여동생 명숙은 미군들을 상대로 양공주 노릇을 하여 돈벌이를 하고 있다.

철호는 점심을 굶어 허기 진 배를 움켜쥐고 힘겹게 퇴근을 했으나 집안 풍경을 보는 순간 가슴에 커다란 납덩이를 올려놓은 것 같아 소리 내어 울고 싶어진다. 술에 취해서 들어온 동생 영호는 양담배를 피우며 양심이나 윤리, 법률 같은 것을 벗어던지고 용기를 내야 돈을 벌 수 있다고 술주정 같은 말을 한다. 그리고 며칠 뒤 철호가 사무실에서 전화를 받고 경찰서로 달려갔을 때 영호는 권총 강도 짓을 하다가 잡혀 있었다. 엎친 데 덮친 격으로, 경찰서를 나와 집으로 돌아오니 아내가 아기를 낳다가 위독하다는 소식이 기다리고 있다. 명숙은 병원으로 달려가려는 철호에게 병원비로 쓰라며 핸드백에서 돈다발을 꺼내 내민다. 그러나 병원에 도착했을 때 아내는 이미 죽어 있었다. 병원을 나온 철호는 위험하다는 의사의 만류에도 불구하고 앓던 이 두 개를 뽑아 버렸다. 그리고 택시를 탔으나 어디로 가야 할지 갈피를 잡지 못하고 도로 위에서 우왕좌왕한다.

철호의 가족은 6·25 전쟁 직후의 혼란스러운 삶의 모습을 암울하고도 구체적으로 보여 준다. 정신 이상 증세를 보이는 어머니, 아기를 낳다가 죽는 아내, 권총 강도가 된 동생, 양공주가 된 여동생. 가장 역할을 해야 하는 철호는 이 짐을 감당할 수 없다. 철호는 열심히 일하며 양심껏 살지만 점심을 굶어야 하고, 차비가 없어 걸어 다녀야 하고, 앓는 이를 치료하기도 어렵다. 성실, 양심, 윤리가 인간다운 삶을 지탱하는 데 아무런 도움을 주지 못한다. 삶의 목표도 희망도 가질 수 없는 인간 상실의 상황에 놓인 것이다.

철호는 자신이 궤도에서 완전히 벗어난 '조물주의 오발탄'이라고 했지만 그것은 개인의 비극만으로 한정할 수 없을 것 같다. 철호의 가족은 전쟁으로 황폐화된 당시의 사회를 대변하고 있을 뿐이다. 그런 점에서 본다면 그 시대 자체가 '오발탄'인지도 모르겠다.

너와 나만의
시간
황순원

벌써 이틀째다.

한결같이 눈에 뵈는 것은 굴곡진 산봉우리와 계곡의 연속이었다. 그 속에는 아무것도 움직이고 있는 것이라곤 없는 성싶었다. 바람도 없었다.

주 대위의 몸은 양쪽에서 부축을 받고도 자꾸만 아래로 늘어지기 시작했다. 마냥 그것은 두 사람의 어깨에 매달려 끌려가는 셈이나 다름없었다. 허벅다리에 관통상을 입고 있는 것이다. 요행 동맥과 신경은 건드리지 않은 탓에 우선 압박대로 지혈을 시켜 놓고 간신히 적의 포위망을 빠져나왔던 것인데, 오늘 아침부터는 그것이 부패 작용이라도 일으켰는지 마구 저리고 쑤셔 댔다.

어디까지 가면 된다는 한정된 길도 아니었다. 그저 무턱대고 남쪽으로만 걸음을 옮기고 있는 것이었다. 부상자에게 있어 일정한 거리감이 가져다주는 영향력이란 대단하다는 걸 주 대위는 알고 있었다.

어떤 전투에서 한 병사가 하복부에 관통상을 입고도 그 구멍 뚫린 하복부에다 제 옷섶을 틀어막아 가며, 반 시간 나마 걸려야 하는 진지까지 돌아와서야 고꾸라진 일이 있었다. 그런 치명상을 입고도 그 병사가 진지까지 돌아올 수 있었던 것은 다름 아닌 어디까지만 가면 진지가 된다는 일정한 목적지가 있었기 때문이었다.

그 정해진 목적지가 지금 자기네에겐 없는 것이다. 그러나 주 대위는 자기를 부축하고 걷는 현 중위와 김 일등병에게 자기는 더 걸을 수가 없으니 여기 남겨 놓고 먼저들 가라는 말을 하지 못했다. 혼자 처진다는 것은 그대로 죽음을 의미했다.

김 일등병이 업자고 했을 때도 주 대위는 잠자코 업히었다.

올해 김 일등병은 열아홉 살밖에 안 됐으나 농촌 출신이라, 업고 걷는 거리도 상당했다.

현 중위가 대번해서 업을 차례가 되었다.

그는 업기 전에 슬쩍 주 대위의 허리께를 바라봤다. 거기에는 권총이 매달려 있었다. 그들 세 사람은 이미 배낭이며 철모며 총이며 웃저고리를 벗어 버린 지 오래였다. 남은 무기라곤 주 대위의 허리에 찬 권총뿐이었다.

주 대위는 현 중위의 눈길이 무엇을 의미하는지 짐작이 갔다. 그리고 그의 심중을 헤아릴 수도 있을 것 같았다. 혼잣 힘으로 걸을 수 없게 됐을 때부터 이미 자기의 몸뚱어리는 두 사람에게 거추장스러운 짐밖에 되지 않았던 것이다. 하지만 두 사람은 차마 상사인 자기를 그냥 내버려두고 갈 수는 없었던 것이다. 결국은 이쪽이 그걸 알아차리고 권총으로 자결할 것을 기다리고 있는 것이다.

그러나 주 대위는 현 중위의 시선을 모른 척했다. 그리고 조금이라도 몸을 가볍게 하기 위해 군복 바지와 군화마저 벗어 버리고 그의 등에 업혔다.

현 중위는 김 일등병만큼 못했으나, 그래도 같은 학도병 출신인 주 대위보다는 체구도 크고 힘도 세어 꽤 잘 업어 냈다.

이러한 그들이 이틀 동안에 먹은 거라곤 더덕과 칡뿌리, 그리고 어쩌다 찾아낸 샘물로 겨우 갈증을 면한 것밖엔 없었다. 게다가 첫여름 햇볕은 불길이었다.

업은 사람의 얼굴에서는 찝찔한 땀줄기가 마구 눈과 입으로 기어들었다. 그렇건만 손으로 훔쳐 내지도 못하고, 그저 눈을 꾹꾹 감아 땀을 몰아내거나 입을 푸푸거리며 고개를 흔들어 떨구어 버리는 수밖에 없었다.

점차로 업은 사람의 걷는 거리가 줄어들고, 교대가 잦아 갔다.

주 대위는 자기의 가슴과 업은 사람의 등이 젖은 샤스를 격해 서로 미끈거리는 상쾌하지 못한 촉감에서 그러나 자신이 살아 있다는 실감을 느꼈다.

주 대위를 다시 바꿔 업은 현 중위는 땀을 철철 흘리며 걷는 동안, 벌써 몇 번짼가 눈앞에 떠올랐던 것이 다시금 나타났다.

그는 그젯밤 적의 꽹과리와 날라리 소리를 듣기 전 잠 속에서 꿈을 꾸었던 것이었다.

누렇게 뜬 하늘 한복판에 황달 든 태양이 타고 있었다. 그리고 그 밑으로 누렇게 뜬 불모의 황야가 하늘과 맞닿은 데까지 한없이 펼쳐져 있었다. 그 한가운데 그는 땀을 철철 흘리며 서 있었다. 풀썩거리는 누런 흙이 걷어 올린 정강이 한중턱까지 올라와 있었다.

그는 신경을 쓰지 않으면 안 되었다. 그 양쪽 종아리에는 그가 마음속으로 아껴 오는 것이 있었다. 입대하기 전날 사랑하는 사람이 그의 걷어 올린 다리를 보고 종아리 털이 길어 우습다면서 장난스럽게 양쪽 종아리 털 중에 제일 긴 것이 자기 것이니 잘 간직하라고 했던 것이다. 그것이 지금 누렇게 뜬 흙먼지 속에 잠겨 버리려고 하는 것이다.

그러나 그는 그것에만 마음을 쓸 수는 없었다.

바로 눈앞 풀썩거리는 흙바닥에 개미 구멍이 하나 나 있었다. 그는 누구에게 명령받은 것도 아니면서 이 개미 구멍을 지키고 있어야 한다고 생각하고 있었다.

개미 구멍으로는 언제부터인지 흙빛과 같은 누런 개미 떼가 연달아 기어 나오고 있었다. 그리고 거기 같은 빛깔을 한 커다란 왕개미 한 마리가 구멍 입구에 서서 조그만 개미들이 나오는 족족 주둥이로 목을 잘라 버리는 것이었다. 삽시간에 개미의 시체가 가득 쌓였다. 그러나 그것은 개미의 시체가 아니고, 그대로 누렇게 뜬 흙으로 화해 버리는 것이었다. 그러고 보면 이 한없이 넓은 불모의 황야도 이렇게 하나하나 목을 잘린 개미 떼의 시체로 이루어졌는지 모른다는 생각이 들었다. 여전히 누렇게 뜬 하늘에는 황달 든 태양이 타고 있고, 그 밑에 그는 오도가도 못하고 개미 구멍을 지키고 서 있어야만 했다.

현 중위는 자기 등을 짓누르고 있는 주 대위의 중량을 자꾸만 느꼈다. 이 달갑지 않은 중량을 제거해 버리는 길은 하나밖에 없었다.

주 대위 자신이 어서 삶에 대한 미련을 단념해 버리면 되는 것이다. 그렇지 않았다가는 세 사람이 모르는 산중에서 몰죽음을 당하는 도리밖에 없는 것이다.

그는 목이 탔다.

한 댓새 전, 오래간만에 사랑하는 사람으로부터 받은 편지를 그는 생각했다.

그 속에는 이런 구절이 씌어 있었다.

'제 입술꽃은 언제까지나 시들지 않을 거예요. 당신이 제게 마련해 준 지난날의 즐거운 기억이 쉴 새 없이 거기 물을 주고 있으니까요.'

언제인가 그는 긴 입맞춤 끝에 그네의 귀에다 속삭인 일이 있었다. 그대의 입술은 외이파리 꽃이 아니고 수없이 많은 이파리를 지닌 여러 겹 꽃이요, 아무리 파헤쳐도 끝이 없소, 라고.

그리고 그 편지 속에는 여지껏과 다른 것이 하나 있었다. 지금까지는 씨 자를 붙여서 호칭해 오던 것이 당신이란 말로 변한 것이다. 그것은 자기 두 사람의 사이가 더 결합됐음을 뜻한다.

그는 편지를 읽고 새삼스럽게 종아리를 내려다보며, 자기에게 부어져 있는 한 사람의 여인의 웃음 머금은 맑은 눈길을 느꼈다.

지금도 그는 주 대위를 업고 횟횟 달아 오는 입 안의 갈증을 지난날 사랑하는 사람의 입술이 남겨 준 촉감으로 축여 가며, 자기에게 부어진 그네의 웃음 머금은 맑은 눈길을 되살렸다. 그 눈길을 따라 걷는 동안, 그의 땀에 젖은 눈도 저으기 맑게 빛나는 것이었다.

어느 능선 굽이에 이르렀다.

김 일등병이 대번해서 업을 차례였다.

지형상으로 보아 앞에 가로놓인 계곡을 내려가 앞산으로 질러 올라가면 잠깐이요, 그렇지 않으면 꾸불꾸불 굽이친 능선을 상당히 돌아가지 않으면 안 되게 된 곳이었다.

현 중위는 계곡을 내려가 곧장 가자고 했다. 누구든지 그렇게 보는 것이 타당할 것이었다. 더욱이나 그들은 다못 몇 걸음의 단축이나마 염두에 두지 않으면 안 될 처지에 있는 것이었다.

김 일등병의 의견은 그러나 그렇지가 않았다. 계곡을 내려갔다가 나무숲 속에서 방향이라도 잃게 되면 고생은 고생대로 하고 길만 더 더디게 되기 쉽다는 것이다.

얼른 결정이 지어지지 않고 있을 때 주 대위가 한마디했다.

"현 중위, 김 일병의 말대루 하지."

푸뜩 현 중위의 눈이 주 대위의 허리에 매달려 있는 권총으로 갔다. 그러는 그의 눈앞에는 또다시 꿈의 장면이 나타났다.

한결같이 누렇게 뜬 하늘에는 황달 든 태양이 타고 있고, 그 밑으로 한없이 넓게 깔려 있는 불모의 황야. 그 한가운데 그는 땀을 철철 흘리며 서 있었다. 바로 앞에 누렇게 뜬 메마른 흙바닥에 개미 구멍이 있어, 누런빛을 한 조고만 개미 떼가 연달아 기어 나오고, 그것을 구멍 입구에 같은 빛깔의 왕개미가 대기하고 서서 자꾸만 목을 잘라내고 있는 것이다. 마치 그것은 왕개미가 기계적으로 주둥이를 놀리고 있는데 거기 꼭 맞는 속도로 작은 개미 떼들이 기어 나와 목을 들이미는 것과도 같았다. 그리고 목 잘린 개미 떼들은 그대로 누렇게 뜬 흙으로 화해 버리고 마는 것이었다. 거기 따라 점점 흙이 높아지면서 그의 종아리 털이 거의 묻히게 돼 있었다.

초조할밖에 없었다. 하지만 그는 그곳에 서 있을 수밖에 없는 것이었다.

그러다가 문득 그는 개미 구멍 한옆에 따로 뚫려져 있는 샛구멍을 하나 발견했다. 이것만은 꿈속에서는 전혀 없었던, 지금 그 자신이 의식적으로 뚫어 놓은 구멍이었다. 그런데도 어리석은 개미 떼들은 그냥 본래의 구멍으로만 나오면서 목을 무수히 잘리고 있는 것이었다.

현 중위는 주 대위를 업지도 않은 몸이건만 전신에 비지땀을 흘렸다.

해거름 때 세 사람은 구렁이 한 마리를 잡아 구워서 나눠 먹었다.

다 먹고 난 현 중위가 뒤라도 마려운 듯이 자리를 떴다.

그런 지 좀 만에 주 대위가 김 일등병에게 말했다.

"자네두 여길 떠나게."

처음으로 이런 말을 한 것이다.

김 일등병은 그게 무슨 말이냐는 듯이 주 대위를 쳐다봤다.

"현 중윈 갔어, 기다리다 못해."

"기다리다 못해 가다뇨?"

"내가 자살하길 기다리다 못해 떠났어."

사실 현 중위는 돌아오지 않았다.

주 대위는 김 일등병의 시선을 마주 바라보기를 피하면서,

"자네도 어서 여길 떠나게."

김 일등병은 잠시 주춤거리다가 서산에 비낀 붉은 놀을 한번 바라보고는 말없이 주 대위에게 등을 돌려 댔다.

혼자 업고 걷는 길이라 도무지 앞으로 나가지지가 않았다. 조금 가서는 쉬고 조금 가서는 쉬고 했다.

밤이 되자 두 사람은 아무 데고 드러누웠다.

짐스럽다고 맨 먼저 버리고 온 배낭 속에 들었을 건빵이 눈앞에 어른거렸으나 실상 그들은 이미 배고픈 줄도 몰랐다.

그들은 현 중위의 일을 생각했다. 지금 어디쯤 갔을까. 김 일등병은 자기네를 버리고 간 그가 원망스러웠다. 한편 주 대위는 한시바삐 그가 아군 진지를 찾아 구원병이라도 보내 줬으면 하는 바람을 가져 보는 것이었다. 물론 두 사람은 서로 입 밖에 내어서는 말하지 않았다.

김 일등병이 잠든 뒤에도 주 대위는 눈을 붙이지 못했다. 이제 와선 상처의 아픔도 별로 느껴지지 않았다. 그저 일단 잠들었다가는 영 깨어나지 못할 것만 같은 생각이 드는 것이었다.

그러다가 어떻게 그 여인의 생각을 머리에 떠올리게 됐는지는 모른다.

서너 달 전, 그가 어느 고지 탈환 작전에 공훈을 세웠다 하여 며칠

동안의 특별 휴가를 받았을 때, 부산에 갔던 길에 하룻밤 몸을 산 일이 있는 여인이었다.

이 여자의 말이 1·4 후퇴 무렵 서울 어떤 술집에 있었을 땐데 어느 날 어스름 녘 외국 군인 세 녀석에게 쫓겨 들어오는 한 소녀를 뒷문으로 빠져나가게 한 후, 대신 그 일을 당한 일이 있었다는 것이다. 어느 놈이 어느 놈인지도 구별 못하는 새, 그만 정신을 잃었다가 들창이 희끄무레 밝아 올 녘에야 깨어났노라고 했다. 그런데 뜻밖에도 그 소녀를 오늘 거리에서 만났는데, 이쪽이 미처 알아보지도 못하는 것을 소녀 편에서 먼저 반기더라는 것이다. 자기와 같은 여자를 아무 거리낌없이 대해 주는 것이 여간 고맙지가 않더라고 했다. 더구나 무어든 도와주고 싶다는 말에는 송구스럽기까지 하더라는 것이다.

주 대위는 이 일종 미담 같은 이야기를 듣는 동안, 그네의 심중을 한번 꼬집어 주고 싶은 충동을 받았다. 그럼 그 송구스럽구 고마운 맛을 다시 보기 위해선 앞으루 또 그런 경울 당하면 들창이 희끄무레 밝아 올 때까지 정신을 잃을 수 있단 말이지?

그네는 어둠 속에서 담배를 붙여 물더니, 글쎄요 그런 일이란 하려구 해서 되는 건 아녜요, 그때 난 나두 모르게 그 소녈 대신했던 것뿐예요, 사람이란 뜻 않았던 일에 부닥치면 뒤에 생각해서 어떻게 자기가 그런 일을 했는지두 모를 일을 하는 수가 있잖어요, 그때 내가 그 소녈 대신한 것두 그거예요, 혹시 다음에 같은 경울 당한다구 해두 내가 어떻게 할는지는 나 자신두 몰라요, 경우에 따라서는 그렇게 할 거구, 경우에 따라서는 또 그렇게 하지 않을 거구.

주 대위의 머리에 이 여인과 주고받은 마지막 대화가 떠올랐던 것이다.

생각해 보면 그 동안 자기도 거듭하는 격전 속에서 이 여인의 말과 같은 행동을 해 왔던 것이다. 언제나 예측할 수 없는 상황 속에서 예기하지 않았던 행동을 하곤 했던 것이다.

그러자 그의 머릿속에는 새로운 생각 하나가 스치고 지나갔다.

지난날 자기가 그 여인에게 비꼬임 조로, 다시 그런 경우를 당하면 또 누군가를 위해서 대신하겠느냐고 했을 때의 자기 마음 한구석에서는 앞으로 그네가 같은 경우를 당하면 다시금 누군가를 위해서 대신하는 것도 무방하다는 생각을 했던 것은 아닐까. 그리고 그 생각 속에는 그네가 그런 경우에는 으레 그래 주기를 바라는 마음이 은근히 깃들어 있었던 것은 아닐까.

그러나 지금 죽음을 앞두고 어느 능선 어둠 속에 누워 있는 주 대위에게는 어떠한 경우일지라도 그네에게 그것을 바랄 아무런 권한도 자기에게는 부여돼 있지 않다는 걸 느끼지 않으면 안 되었다. 그와 마찬가지로 여태까지 자기가 싸움터에서 겪은 온갖 상황에 대해서도 제삼자인 누가 있어, 그건 응당 그래야만 한다고 감히 주장해서는 안 된다는 생각이었다.

그는 문득 누구에게라 없이 한번 대들어 따지고 싶은 심정이었다. 그러나 지금 그를 둘러싸고 있는 것은 한없이 두꺼운 어둠뿐이었다.

이윽고 그도 잠 속에 빠져들어 가고 말았다.

날이 밝자 또 걸었다. 어제보다도 쉬는 도수가 잦아 갔다.

김 일등병도 군복 바지와 군화마저 벗어 버렸다. 맨발로 산길을 걷기가 힘든다는 걸 모르는 바 아니었다. 하지만 우선 신발이 천근만근 무겁게 여겨져 견딜 수가 없는 것이었다.

여기저기 발바닥이 터져 피가 내배었다. 그렇다고 돌부리 아닌 고운 땅만 골라 밟을 수만도 없었다.

한결같이 눈에 뵈는 것은 인가 아닌 산봉우리와 계곡의 움직임 없는 굴곡뿐이요, 귀에는 그처럼 갈망하고 있는 아군의 폿소리 대신 한없이 먼 데까지 퍼져 나간 고즈넉함과 김 일등병의 몰아쉬는 거칠은 숨소리뿐이었다.

그래도 주 대위는 온 신경을 귀로 모으고 있었다. 어떤 색다른 소리나마 놓치지 않으려는 것이다.

한번은 주 대위가 저리 가 물을 마시고 가자고 했다. 김 일등병은 어디 물이 있는가 싶었다. 그러나 주 대위가 말하는 데로 가 보니, 바위틈에서 샘물이 흐르고 있었다.

하루 종일 걸은 것이 겨우 십릿길도 못 되었다. 그동안 두 사람은 산개구리 몇 마리를 잡아 날로 먹었을 뿐이었다.

김 일등병의 무릎은 굽어지고 허리는 앞으로 숙여져 거의 기는 시늉이었다.

주 대위는 김 일등병의 허리가 앞으로 숙는 각도에 따라 그만큼 자기의 생에 대한 희망도 꺾여 들어감을 느껴야만 했다.

저녁때쯤 어느 능선을 돌아가노라니까 앞에서 까마귀 한 마리가 펄럭 하고 날아올랐다. 깎은 듯한 낭떠러지가 가로놓여 있는 것이었다.

발길을 돌리며 김 일등병은 무심코 아래를 내려다보았다. 거기에 까마귀 두세 마리가 앉아 무엇인가 열심히 쪼고 있었다.

사람의 시체였다. 그리고 첫눈에 그것은 현 중위의 시체라는 걸 알 수 있었다. 어제저녁 두 사람을 버리고 떠났을 때와 꼭 같이 위는 샤쓰 바람이요, 아래는 군복 바지에 군화를 신고 있었다.

까마귀란 놈이 시체 얼굴에 붙어서 무엇인가 쪼고 있는 것이었다. 그러다가 이쪽을 보고는 날아갈 기미를 보이다가도 그저 까욱까욱 몇 번 울 뿐, 다시 쪼기를 계속하는 것이었다.

시체 얼굴에는 이미 눈알은 없어져 떼꾼하니 검은 구멍이 나 있었다.

두 사람은 이쪽으로 와 아무 데나 쓰러지듯이 드러누웠다. 현 중위의 시체를 보자 마지막 남았던 기운마저 빠져 버리고 만 것이었다.

잠시 후에 김 일등병은 무엇을 생각했는지 일어나 허청거리며 벼랑 쪽으로 가더니 돌을 집어 던지기 시작했다. 그때마다 까마귀가 펄럭 하고 시체를 떠나는 것이었으나, 곧 못마땅한 듯이 까욱까욱 하며 다시 내려앉는 것이었다.

김 일등병은 도로 와 쓰러지듯이 드러누워 버렸다.

옆에 누워 있는 주 대위를 돌아다보았다. 그는 눈을 감은 채 번듯이 누워 있었다.

김 일등병은 전에 치열한 싸움터에서는 오히려 잊게 마련이었던 죽음이란 것을 몸 가까이 느꼈다. 내일쯤은 까마귀가 자기네의 눈알도 파먹으리라. 그러자 그는 옆에 누워 있는 주 대위가 먼저 죽어 까마귀에게 눈알을 파먹히는 걸 보느니보다는 차라리 자기 편이 먼저 죽어 모든 것을 모르고 지나기를 바랐다.

그는 문득 울고 싶어졌다. 그러나 그럴 기운조차 지금 그에겐 없었다.

저도 모르게 혼곤히 잠 속에 끌려 들어갔던 김 일등병은 주 대위가 무어라 부르는 소리에 눈을 떴다. 하늘에 별이 총총 나 있었다.

"저 소릴 좀 듣게."

주 대위가 누운 채 쇠진한 목 안엣 소리로,

"폿소릴세."

김 일등병은 정신이 번쩍 들어 상반신을 일으키며 귀를 기울였다. 과연 먼 우레 소리 같은 포성이 은은히 들려오는 것이다.

"어느 편 폽니까?"

"아군의 포야. 백오십오 밀리의……."

이 주 대위의 감별이면 틀림없는 것이다. 그래 얼마나 먼 거리냐고 물으려는데 주 대위 편에서,

"그렇지만 너무 멀어. 사십 리는 실히 되겠어."

그렇다면 아무리 아군의 포라 해도 소용이 없다.

김 일등병은 도로 자리에 누워 버렸다.

주 대위는 지금 자기는 각각으로 죽어 가고 있다고 느꼈다. 이상스레 맑은 정신으로 그게 느껴졌다. 그러다가 그는 드디어 지금까지 피해 오던 어떤 상념과 정면으로 부딪쳤다. 그것은 권총을 사용해야 한다는 생각이었다. 아무래도 죽을 자기가 진작 자결을 했던들 모든 문제는 해결됐을 게 아닌가. 첫째 현 중위가 밤길을 서두르다가 벼랑에 떨어져 죽지 않았을는지 모른다. 아무튼 이제라도 자결을 해 버려야 한다. 그러면 아무리 지친 김 일등병이라 하더라도 혼잣몸이니 어떻게든 아군 진지까지 도달할 가망이 전혀 없는 것도 아니다.

그는 김 일등병을 향해,

"폿소리 나는 방향은 동남쪽이다. 바로 우리가 누워 있는 발 쪽 벼랑을 왼쪽으루 돌아 내려가면 된다!"

있는 힘을 다해 명령조로 말했다. 그리고 무거운 손을 움직여 허리에서 권총을 슬그머니 빼었다.

그때, 바로 그때 주 대위의 귀에 은은한 폿소리 사이로 또 다른 하나의 소리가 들려온 것이었다.

처음에는 그도 의심스러운 듯이 귀를 기울이고 있다가,

"저 소리가 무슨 소리지?"

김 일등병이 고개만을 들고 잠시 귀를 기울이듯 하더니,

"무슨 소리 말입니까?"

"지금은 안 들리는군."

거기에 그쳤던 또 하나의 소리가 바람을 탄 듯이 다시 들려왔다.

"저 소리 말이야. 이 머리 쪽에서 들려오는……."

그래도 김 일등병의 귀에는 아무것도 들리지 않았다.

"개 짖는 소리 같애."

개 짖는 소리라는 말에 김 일등병은 지친 몸을 벌떡 일으켜 머리 쪽으로 무릎걸음을 쳐 나갔다. 개 짖는 소리가 들린다면 그리 멀지 않은 곳에 인가가 있음에 틀림없었다.

"그 등성이를 넘어가면 된다!"

그러나 김 일등병의 귀에는 여전히 아무것도 들리지 않았다. 그는 누웠던 자리로 도로 뒷걸음질을 쳤다.

주 대위는 김 일등병에게 무엇인가 주고 싶었다. 그리고 그것을 자기 자신도 받고 싶었다.

김 일등병이 드러누우며 혼잣소리로,

"내일쯤은 까마귀 떼가 더 많이 몰려들겠지. 눈알이 붙어 있는 것두 오늘 밤뿐야."

이 말이 채 끝나기도 전에 갑자기 권총 소리가 그의 귓전을 때렸다.

깜짝 놀라 돌아다보니 어둠 속에 주 대위가 권총을 이리 겨눈 채 목 속에 잠긴 음성치고는 또렷하게,

"날 업어!"

하는 것이다.

김 일등병은 무슨 영문인지 몰라 하면서도 하라는 대로 일어나 등을 돌려 대는 수밖에 없었다.

"자, 걸어라!"

김 일등병은 자기 오른쪽 귀 뒤에 권총 끝이 와 닿음을 느꼈다.

등성이를 넘어 어두운 나무숲으로 들어섰다.

"좀 서!"

업힌 주 대위가 잠시 귀를 기울이고 나서,

"왼쪽으루 가!"

좀 후에 그는 다시,

"잠깐만."

그러고는,

"앞으루!"

이렇게, 왼쪽으로, 오른쪽으로, 앞으로, 하는 주 대위의 말대로 죽을힘을 다해 걸음을 옮겨 놓는 동안에도 김 일등병의 귀에는 아무것도 들리지 않았다. 혹시 주 대위가 죽음을 앞두고 허깨비 소리를 듣고 그러는 게 아닐까. 그렇다면 하필 자기네 두 사람은 마지막에 이러다가 죽을 필요는 무언가. 어제 저녁부터 혼자 업고 오느라고 갖은 고역을 다 겪으면서도 느끼지 못했던 원망이 주 대위를 향해 거듭 복받쳐 오름을 어찌할 수가 없었다.

하지만 걷지 않을 수 없었다. 오른쪽 귀 뒤에 감촉되는 권총 끝이 떠나지 않는 것이다. 그것은 마치 권총이 비틀거리는 걸음이나마 옮겨 놓게 하는 거나 다름없었다.

산 밑에 이르렀다.

"오른쪽으루!"

"그대루 똑바루!"

그제야 김 일등병의 귀에도 무슨 소리가 들렸다. 그것이 점점 개 짖는 소리로 확실해졌다. 그러나 그것이 얼마만 한 거리에서인지는 짐작이 안 되었다.

목에서는 단내가 나고, 간신히 옮겨 놓는 걸음은 한껏 깊은 데로 무한정 빠져 들어가는 것만 같았다. 그저 그 자리에 주저앉고 싶은 생각뿐이었다. 그렇건만 쉬어 갈 수도 없는 노릇이었다. 귀 뒤에 와 닿은 권총 끝이 더 세게 밀고 있는 것이었다.

아무것도 뵈는 게 없었다. 어떻게 걸음을 떼어 놓고 있는지조차 깨닫지 못하고 있었다. 그러는데 저쪽 어둠 속에 자리 잡은 초가집 같은 검은 그림자와 그 앞에 서 있는 사람의 그림자, 그리고 거기서 짖고 있는 개의 모양이 몽롱해진 눈에 어렴풋이 들어왔다고 느낀 순간과 동시에 귀 뒤에 와 밀고 있던 권총 끝이 별안간 물러나면서 업힌 주 대위의 몸뚱이가 무겁게 탁 내려앉음을 느꼈다.

1958 칠월

《너와 나만의 시간》(정음사, 1964)

1 적의 포위망을 빠져나와 산속을 헤매고 있는 세 사람은 각각 무슨 생각을 하고 있는지 정리해 봅시다.

2 현 중위가 일행을 떠난 심정을 그의 꿈과 관련지어 이야기해 봅시다.

3 주 대위는 왜 '누구에게라 없이 한번 대들어 따지고 싶어'졌을지 생각해 봅시다.

4 다음 장면에서 주 대위가 말하는 그 '무엇'에 대하여 이야기해 봅시다.

> "저 소리 말야. 이 머리 쪽에서 들려오는……."
> 그래도 김 일등병의 귀에는 아무것도 들리지 않았다.
> "개 짖는 소리 같애."
> 개 짖는 소리라는 말에 김 일등병은 지친 몸을 벌떡 일으켜 머리 쪽으로 무릎걸음을 쳐 나갔다. 개 짖는 소리가 들린다면 그리 멀지 않은 곳에 인가가 있음에 틀림없었다.
> "그 등성이를 넘어가면 된다!"
> 그러나 김 일등병의 귀에는 여전히 아무것도 들리지 않았다. 그는 누었던 자리로 도로 뒷걸음질을 쳤다.
> 주 대위는 김 일등병에게 무엇인가 주고 싶었다. 그리고 그것을 자기 자신도 받고 싶었다.

주 대위와 현 중위, 그리고 김 일등병은 전쟁 중 포위망을 뚫고 나와 산속을 헤매고 있다. 허벅지 관통상으로 걸을 수가 없는 주 대위는 자신이 짐이 된다는 것을 알고 있지만 혼자 떨어지면 죽을 것이라 생각한다. 김 일등병과 번갈아 주 대위를 업어야 하는 현 중위는 주 대위가 자살해 주기를 바란다. 굶주림에 시달리면서 헤매던 중에 현 중위가 몰래 일행을 떠난다. 떠나기 전에 현 중위는 자기가 꾼 꿈의 한 장면을 회상하고, 사랑하는 여자로부터 받은 편지를 생각한다.

꿈속에서 그는 개미 구멍을 지키다가 그 구멍에서 기어 나오는 개미 떼가 커다란 왕개미 한 마리한테 목을 잘리는 것을 본다. 그렇게 죽은 개미의 시체는 누렇게 뜬 흙으로 변하고 한없이 넓은 황야는 개미 떼의 시체로 이루어졌다는 생각을 하게 한다. 그는 의식 속에서 개미 구멍 한옆에 샛구멍을 뚫어 보지만 어리석은 개미 떼는 본래의 구멍으로만 나오면서 목이 잘린다. 목이 잘린 개미 떼가 황야를 이루며 현 중위의 종아리를 덮어 오고 있는 것은 헤어날 수 없는 그의 모습을 상징적으로 보여 주는 것이다. 샛구멍을 뚫어도 개미들이 원래의 구멍으로 계속 몰려나와 죽는 모습에서 현 중위는 절망감이 극대화되었을 것이다.

현 중위가 떠난 후, 주 대위는 더 심한 갈등을 겪는다. 김 일등병 혼자라면 무사히 아군을 만날 수 있는 곳까지 갈 수 있을지도 모르기 때문이다. 그러한 갈등 속에서 주 대위는 과거에 만났던 여자에 대한 기억을 떠올린다. 소녀를 대신해서 봉변을 당했던 여자, 또 같은 상황이 닥치면 그렇게 처신하겠느냐는 물음에 여자는 모르겠다고 대답한다. 주 대위는 자신의 처지도 생각해 본다. 전쟁 중에 닥친 여러 가지 상황들과 관련하여 결국 자신도 그렇게 처신해 오지 않았는가 하는 생각을 한다. 제삼자가 이래라저래라 할 수 없다는 주 대위의 논리는 바로 그런 바탕에서 가능하지 않았을까. 객관적인 기준으로 이래라저래라 요구할 수 없다는 말은 자신이 김 일등병을 위해 희생되어야 한다는 부담을 느끼고 있음을 의미할 것이며, 따라서 그런 압박감이 스스로를 짜증스럽게 만들고 있는 것이다.

두 사람은 다시 길을 가다가 벼랑에 떨어진 현 중위의 주검을 보고 더 절망한다. 그때 주 대위는 멀리서 개 짖는 소리를 희미하게 듣는다. 그는 절망하고 있는 김 일등병의 귀에 권총을 대고 자기가 시키는 방향으로 갈 것을 명령한다. 그는 김 일등병에게 무엇인가 주고 싶었고, 자신도 그것을 받고 싶다고 했다.

절망적인 상황에 처한 그들에게 절실하게 필요했던 것은 무엇일까. 일차적으로는 어디로 가면 된다는 뚜렷한 목표, 그 목표는 희망이었을 것이다. 체력이 거의 고갈된 상태에서 그 목표 지점을 향해 초인적으로 나아갈 수 있는 힘은 오직 생존의 희망이 아니었을까.

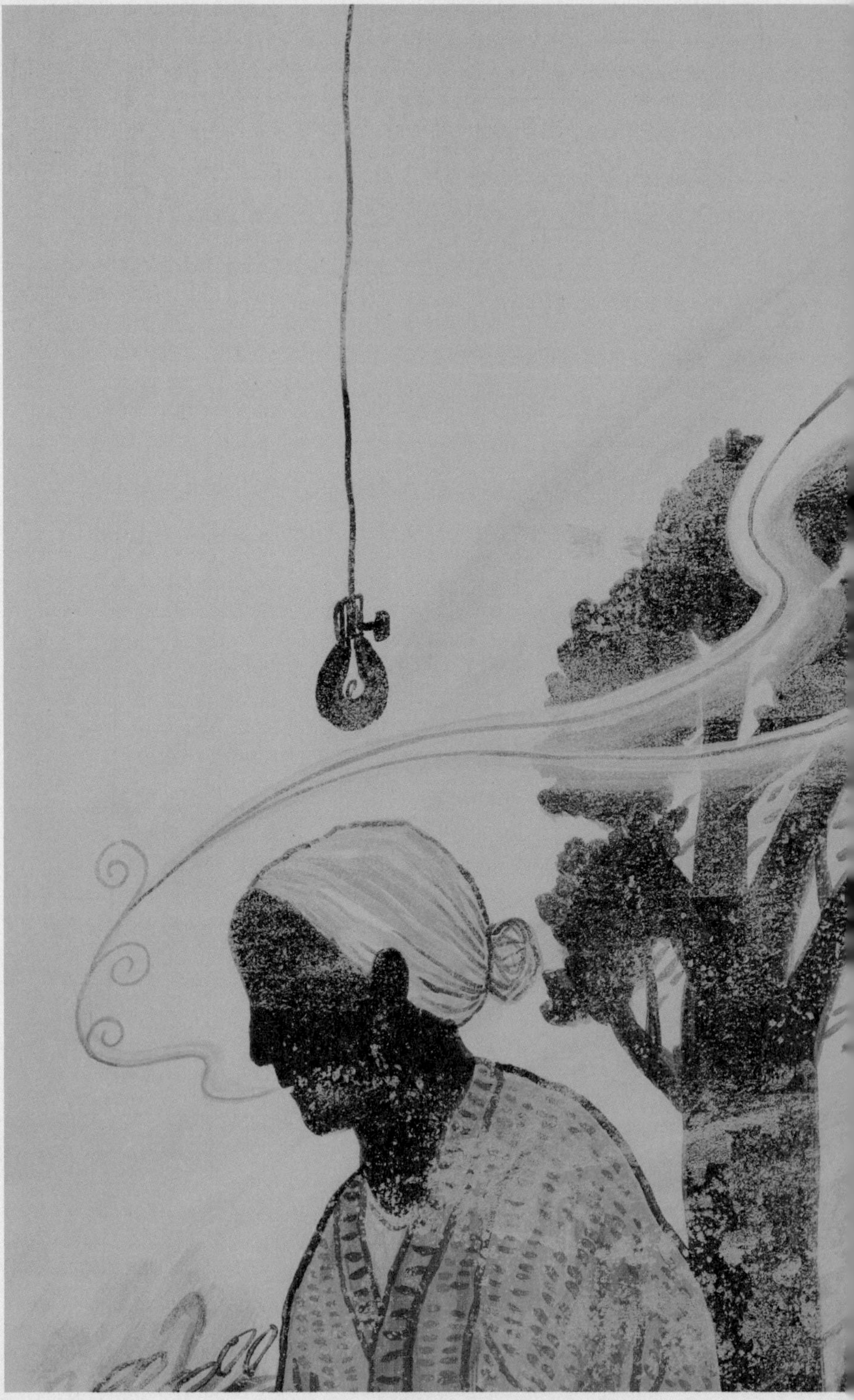

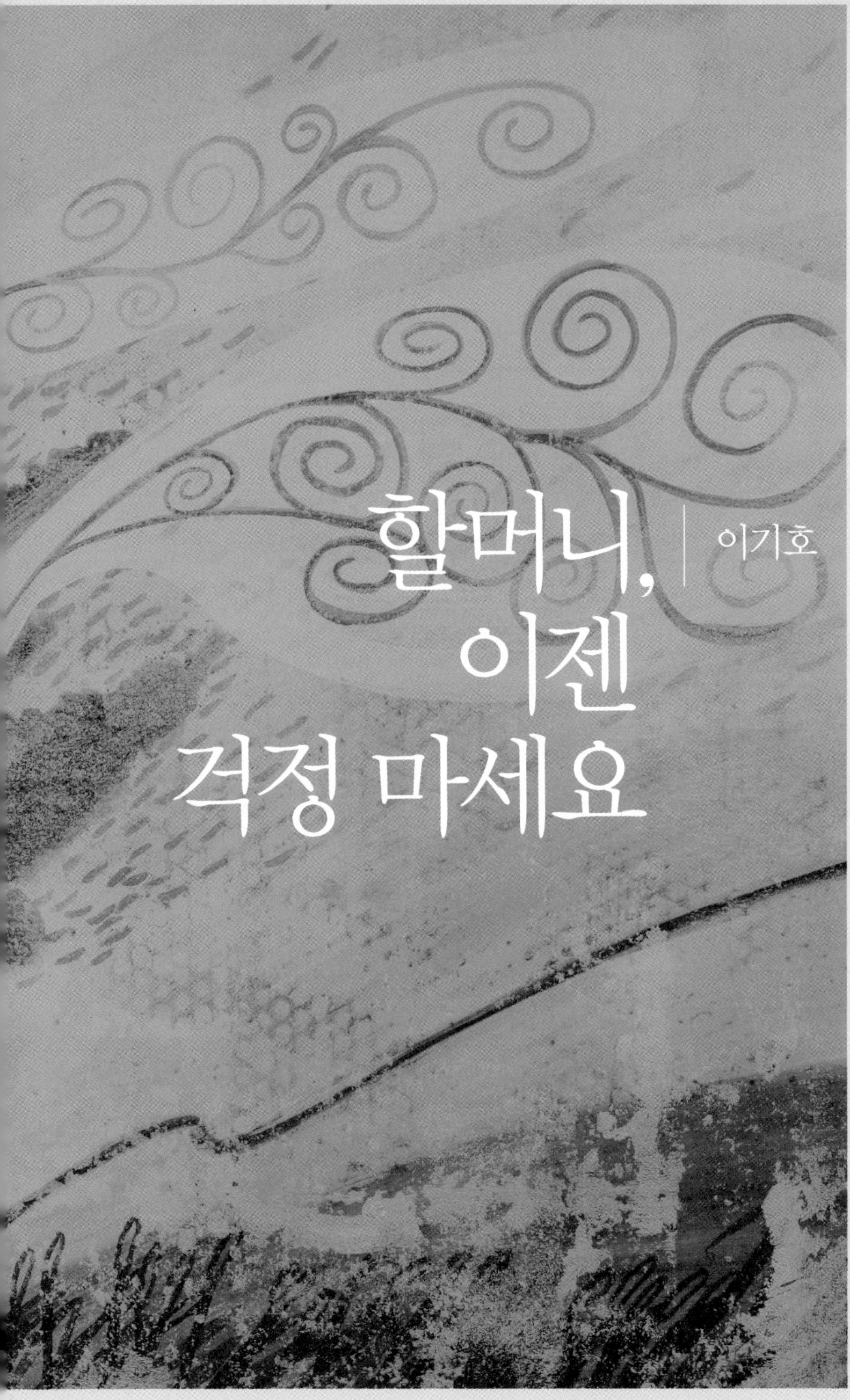

할머니, 이젠 걱정 마세요

이기호

1

나는 이 세상에 존재하는 많은 이야기들을 책이 아닌, 할머니를 통해서 처음 알게 되었다. 할머니를 통해서 뱀이 사람으로 변할 수 있다는 것을 알게 되었고, 죽은 사람들이 때론 다시 세상으로 돌아온다는 것도 알게 되었다. 누군가는 죽어 나무가 되고, 또 누군가는 죽어 새가 되곤 하였다. 글을 몰랐던 나는, 할머니를 통해서만 그 사람들을 만날 수 있었다. 그리고 가끔 촉 낮은 백열전구가 깜빡깜빡거릴 때마다, 그 사람들이 누워 있는 할머니 머리맡에 찾아와 가부좌를 틀고 앉는 것을 보았다. 어린 나는, 그 사람들이 무서워 할머니의 말라 버린 가슴에 자주 얼굴을 파묻어야만 했다. 화로와 요강과 벽장이 있는 방이었다. 화로와 요강과 벽장이 있는 방. 돌이켜 생각해 보니 그 방에서 나는, 내가 지금까지 살아오면서 만난 사람들보다 더 많은 사람들을 만났던 것 같다. 글을 깨치기 전, 오직 목소리만으로 말이다.

2

세월은 흘러흘러 할머니는 어느덧 여든을 훌쩍 넘겨 버리셨다. 여든을 넘긴 할머니는, 이제 나에게 한 가지 이야기만 반복해서 들려준다.

"아가, 할미가 육이오 동란 때 말이다……."

할머니의 이야기는 내가 예전에 많이 듣던 이야기였다. 어느 날 사라진 형부가 육이오 때 좌익 우두머리가 되어 백마 타고 동네에 나타난 이야기, 그 형부 때문에 몇 달간 굶지 않고 산 이야기, 그러다가 다시 전세가 역전되어 언니와 조카들이 모두 몰살당한 이야기, 조카 중 한 명이 숨겨 달라고 찾아왔는데, 그 어린것을 그냥 모른 척해 버린 이야기. 할머니는 그 이야기를 반복해서 들려주고, 또 들려주었다. 이유는 간단했다. 할머니는 작년부터 몹쓸 병에 걸려 버렸고, 그래서 누군가에게 빨리 그 이야기를 들려주고 싶었던 것이었다.

할머니의 이야기를 한 자락 들었으니, 그래도 명색이 이야기로 밥을 벌어먹고 사는 손자인데, 가만히 입을 다물고 있을 수만은 없는 노릇이었다. 그래서 나도 그 옛날 할머니처럼, 작은 목소리로 사라진 사람들을 불러내었다. 할머니의 머리맡에 그들을 앉게 하였다. 그 이야기는 바로 이런 것이었다.

3

할머니, 우리 살던 옛집 기억나? 아니, 거긴 할머니 고향이고, 나 태어난 곳 말이야. 그래, 거기. 강원도 원주. 기억나? 그래 맞아, 단구동 빨간 기와 얹은 집. 우리 할머니 기억력 아직도 쌩쌩하네, 뭐. 그 집에서 우리 이십 년 넘게 살았잖아. 할머니하고 엄마하고 나하고.

봄이면 집 앞에 제비꽃하고 금낭화하고 지천으로 막 피고 그랬잖아. 대추나무도 큰 거 하나 있었고. 엄마는 왜 거 풍연년쇄점이라고, 우리 집 바로 옆에서 구멍가게 하고. 아니, 통닭집 한 건 둘째 고모고, 연쇄점 말이야, 연쇄점. 그래, 두부도 팔고, 담배도 팔고, 계란도 팔던 연쇄점. 그 집 참 좋았는데…… 아니, 지금은 없지. 택지 개발한다고 집이니 논이니 다 밀어 버려서, 그래서 우리도 이사 나온 거잖아. 지금은 거기 다 아파트고 상가야. 거, 동네 뒷산도 다 깎아 버렸는데, 뭐…… 아니, 치악산 말고 뒷산. 치악산을 왜 깎아.

그때 왜 할머니가 엄마하고 대판 싸우고 막내 고모 집에서 한 반년 동안 살았던 적 있었잖아? 나, 아홉 살 땐가, 열 살 때 말이야……. 아이고, 또 그 소리다. 그건 백 번을 말하고 천 번을 말해도 할머니가 엄마한테 잘못한 거지, 뭐. 남편 저세상 보내고도 군말 없이 시어머니 잘 모시고 사는 사람을 건드리긴 왜 건드려……. 아이고, 참 할머니, 아, 아빠가 쿠웨이트에 돈 벌러 갔다가, 아, 그러다가 운이 없어서 교통사고로 죽은 건데 그게 왜 엄마 때문이야. 응? 아니지…… 엄마가 무슨 재주가 있다고 쿠웨이트로 날아가? 아이고, 남편을 잡아먹긴 누가 잡아먹었다고 그래. 그 보상금 받아서 연쇄점도 열고, 단구동 집도 사고, 나도 대학 공부 시키고, 할머니도 지금까지 잘 모셔 왔잖아. 아니아니, 쿠이트가 아니고, 쿠웨이트. 그래, 거기에서 아빠 죽고 나온 돈으로…… 우리가 굶지 않고 살았잖아…… 아이, 참. 쿠이트가 아니고, 쿠, 웨, 이, 트!

암튼, 그때 할머니가 집에 없었을 때 말이야, 그때 연쇄점에서 웬 걸사(乞士)가 한 명 찾아온 적 있었거든…… 그러고 보면 그땐 참 그런 스님들도 많았는데 말이야, 그치 할머니? 어느 날 갑자기 산신령처럼 나타나서 괜스레 사람들 운명 바꿔 놓고, 그러곤 물 한 대접 얻어 마시고 아무 일도 없었다는 듯 석양으로 사라지는, 카아, 멋있지, 멋있어…… 알지, 우리 할머니 불심 깊은 거야 원주 사람들이 다 아는 얘기지. 아니, 아니. 반야심경 테이프는 나중에 듣고…….

그때 엄마하고 나하고 연쇄점 책상 계산대 옆에 앉아 꾸벅꾸벅 졸고 있었거든. 7월인가, 8월인가, 아마 그랬을 거야. 날은 덥지, 손님은 없지, 파리는 연신 얼굴을 간질이지, 그러니 뭐 둘 다 사이좋게 까무룩까무룩 졸았던 거지. 근데, 그때 웬 나이깨나 잡수신 스님 한 분이 가게 미닫이문을 열고 조용히 들어온 거야. 그 더운 날씨에 커다란 염주에 장삼까지 걸친 스님이 말이야…… 겨드랑이 근처는 땀에 젖어 거무튀튀하지, 어깨엔 큼지막한 걸망을 멨지, 아 맞다, 너덜너덜한 미투리까지 신고 있었다. 머리엔…… 밀짚모자를 썼던가? 글쎄, 기억이 잘 안 나네…… 아무튼 그 양반이 가게에 들어와 대뜸 엄마한테 합장을 하고 물 한 대접만 공양해 달라고 한 거야. 그래, 엄마도 그게 뭐 대수냐, 날도 더운데 스님이 고생하시는구나, 해서 나름 인심을 써서 물 대신 시원한 사이다 한 잔을 드린 거지. 나한테도 잘 주지 않던 사이다를 말이야…… 으응? 아, 그래그래, 엄마가 할머니한테도 잘 안 줬지…… 아이, 참, 엄마가 무슨 사이다를 쿠웨이트로 빼돌렸다고 그래. 아, 그건 동네 고물상이고…….

아, 내 말 좀 잘 들어 봐. 그래 그 스님이 엄마한테 합장을 하고 그 사이다를 달고 맛나게, 한 방울도 남기지 않고 마셨거든. 또 한 번 합장도 하고…… 뭐, 그러고 제 갈 길을 갔으면 좋았을 텐데…… 아, 이 양반이 그러질 않은 거야. 빈 잔을 엄마에게 건네다 말고, 앉아 있는 내 얼굴을 빤히 들여다본 거지. 그리고 쯧쯧쯧, 혀를 차며 한다는 소리가 글쎄, 허어, 거 참 박명이로다, 박명이야, 한 거야. 참, 지금 생각해 보니 그 스님도 거…… 암튼 아, 그러니 빈 잔을 치우던 엄마가 얼마나 놀래. 눈을 송아지만큼 크게 뜨고 스님 앞으로 다가간 거지. 아이고 스님, 그게 무슨 소리시냐, 우리 애가 뭐가 잘못되어서 그런 거냐, 자세히 좀 말씀해 달라, 마치 내가 곧 눈을 감기라도 할 것처럼 스님한테 매달린 거야. 그렇지…… 그때가 아빠 돌아간 지 채 삼 년도 안 되었을 때니까…… 엄마 가슴이 철렁 내려앉을 만도 하지, 뭐…… 그러니까 그 스님이 괜스레 가게 유리창 너머 치악산을 바라보면서, 애 친척 중에 어려서 저세상 사람 된 인물들이 여럿 있다, 그 원혼들이 명부로 가지 못하고 모두 애한테 몰려 있다. 쯧쯧쯧, 안타까운지고, 하며 또 한 번 혀를 찬 거야…… 왜, 할머니도 잘 알잖아? 나 초등하교 다닐 때 맨날 방바닥에 코피 한 바가지씩 쏟고, 걸핏하면 막 실신하고, 그래서 응급실에도 자주 실려 가고 그랬잖아. 그런 데다 스님한테 그런 말까지 들었으니 참…… 그냥 막무가내로 스님 바짓가랑이를 잡고 울기 시작한 거야. 하나밖에 없는 우리 아들 어쩌면 좋으냐, 서방도 없고 이제 애 하나 보면서 사는데, 애마저 없으면 나는 못 산다…… 막 그러면서 애먼 스님을 잡은 거지…… 아이, 참 할머니가 왜 울고 그래. 다 옛날 얘긴데…… 으응? 아, 내가 죽긴 왜 죽어? 나, 여기 있잖아…… 응? 아, 나 할머니 손자야. 나 모르겠어? 으으? 아, 내가 무슨 사이다를 마시다가 죽었다고 그래? 그래, 그래. 여기, 잘 살고 있잖아…….

엄마가 그렇게 울면서 무슨 방도가 없겠냐, 공양을 하라면 하고, 부적을 쓰라면 백 장이라도 쓰겠다, 그러면서 계속 떼를 쓰니까, 그 스님이 고개를 이렇게 절레절레 흔들면서 하는 말이, 부적도, 공양도 다 소용없다, 그저 방법이라곤…… 얘가 앞으로 무슨 일을 하든 마음고생, 속고생, 몸고생하는 일을 시켜라, 그렇게 고생하면서라도 명을 잇는 수밖에 달리 도리가 없다, 그래야 원혼들의 마음이 조금이라도 위안을 받는다, 한 거지…… 그 말만 남기고 바람처럼 휙 사라진 거야, 석양으로 휙…… 아, 그래서 할머니, 그 다음부턴 엄마가 나 공부를 안 해도 그냥 흥, 숙제를 안 해도 흥, 그랬잖아. 남들 다 가는 학원도 한번 안 보내 주고…… 대학교 간다니까 쓸데없는 짓 하지 말고 일찌감치 기술이나 배우라고 하고…… 대학? 아, 그거야 마음고생은 마음고생대로 하고, 사는 건 지지리 가난해지는, 뭐, 그런 글공부 하러 간다니까 그제야 마지못해 허락해 준 거지. 응? 반야심경 좀 틀어 달라고? 왜? 내 얘기 재미없어? 에이, 반야심경 들으면서 어떻게 얘기를 해? 응? 아, 알았어, 알았어. 작은 소리로 틀게.

근데 할머니, 참 이상한 게 말이야…… 그 스님이 왔다 간 다음부터 내가 계속 같은 꿈을 꾸는 거야…… 뭐, 조금만 피곤한 일을 하거나, 무슨 근심걱정만 있으면, 여지없이 그 꿈을 꾸는 거야. 응? 그럼. 지금도 종종 꾸는걸, 뭐. 계속 같은 사람들이 나오는 꿈…….

그러니까 그게…… 대개 한 가족이 함께 나오기도 하고, 자식들만 따로 나오기도 하고, 매번 다르지, 뭐. 음…… 거 아버지 되는 사람은 늘 말을 타고 나오고, 어머니처럼 보이는 양반은 흰 저고리에 검정 치마 입고 나오고, 나머지는 다 딸이더라구, 딸만 셋…….

응? 형부? 간난이 언니? 그게 누군데? 말? 그거야…… 늘 백마였지. 백목련처럼 하얀 말…… 응? 응? 맞다고? 그러니까 그분들이 할머니 언니랑 형부네 가족이란 말이지? 거 왜 육이오 때 돌아가신 분들? 하아, 거 참, 난 그것도 모르고 인사도 안 하고 계속 도망만 다녔는데…… 그러니까 그분들이 내 이모할아버지, 이모할머니라는 거지? 하아, 거 참 신기하네, 신기해.

아이 참, 할머니 또 왜 울고 그래…… 아이, 내가 다 안다니까…… 그래, 그래…… 아니야, 나한테 잘해 주던데 뭘…… 그래, 그랬다니까. 내 머리 쓰다듬으면서 막 이렇게 웃어 주더라구. 말도 막 태워 주고 옥수수도 주고 풀피리도 만들어 주고…… 그래, 정말 그랬다니까. 지난번엔 나와서 나한테 묻더라구. 그래, 네 할머니는 어떻게 지내시느냐, 몸은 편안하시더냐, 하고 말이야. 아, 그래, 내가 그랬지. 아이고 우리 할머니 기억력 쌩쌩하게 잘 지내십니다, 거 지난달엔 새로 어금니도 나셨습니다, 하고 말이야. 응? 아, 할머니 지난달에 어금니 새로 났잖아. 응? 밥알이 낀 거라고? 음…… 아무튼 그 양반들이 할머니 생각하는 게 지극하더라구. 에이, 또 그 죽는단 소리다…… 아, 할머니가 죽긴 왜 죽어? 아, 아니라니까, 그 양반들이 할머니 데리러 온 게 아니라, 그냥 안부 물으러 온 거라구. 잘 계시나, 몸에 탈은 없나, 아직도 절엔 잘 가시나, 뭐 이런 것들 말이야…….

어? 누구? 덕자? 아, 그 이모할머니 딸? 이름이 덕자야? 덕자, 덕순이, 덕미…… 그러니까 나한텐 다 아주머니뻘이네. 외종오촌 아주머니…… 나보다 다 어리던데…….

아이고, 말도 마. 그 양반들이 나이가 다 어려서 그런지 장난이 얼마나 심한데. 말은 또 얼마나 많다고…… 아따, 우리 할머니 금세 또 웃어 버리네. 울다가 웃으면 똥꼬에 털 나는데…… 응? 없다고? 똥꼬에 털이 없다고? 아이 참, 뭘 보여 준다고 그래. 아, 아, 됐어. 아, 그래 그래, 할머니 똥꼬에 털 없어, 털 없다고. 에헤 참, 괜찮다니까…….

암튼, 그 어린 아주머니들이 나를 그렇게 못살게 구는 거야. 꿈에 나타나기만 하면 괜스레 내 주위에 뺑 둘러서서 툭툭, 어깨를 치는 거야. 그러면서 한다는 말이, 아이고, 저거저거 생긴 거 좀 봐라, 눈썹만 까마귀 새끼처럼 시커멓고 볼따구니는 빼쭉 곯아서, 저거저거 장가나 갈 수 있겠냐. 그러면 그 옆에 있던 어린 아주머니가 말을 받아서, 아이고, 꼴에 무슨 글을 쓴다고 귀한 종이를 낭비하고 있다냐, 종이가 뭐 그냥 나오나, 그게 다 아름드리 낭구 베서 만드는 건데, 그러지 말고 그냥 우리랑 개울가에 가서 놀자. 그럼 또 질세라 제일 어린 아주머니가, 놔둬라, 저거저거 고생 좀 지지리 하게 놔둬라, 그냥 우리끼리 물질하고 옥시기나 먹으면서 놀자, 하고 참견하는 거야. 자기들이 무슨 에스이에스인 줄 알고 나와도 꼭 트리오로만 나오고…… 응? 에스이에스? 아 뭐, 은방울자매 비슷한 거야. 응? 현철이 좋다고? 아, 알았어. 다음에 올 때 현철 테이프도 사 올게. 트리오? 아니아니, 그건 설거지할 때 쓰는 거고…….

하, 근데 할머니. 이 양반들이 말이야, 아 그 어린 아주머니들 말이야…… 이제 시간이 좀 지나니까 꿈에만 나타나는 게 아니고, 깨어 있을 때도 막 나타나고 그러는 거야…… 응? 그럴 수도 있다고? 할머니도? 할머니도 종종 만나? 응? 누구? 아빠? 아빠가 할머니한테 종종 와? 와아, 우리 아빠 효자네, 효자야. 우리 할머니 효자 아들 둬서 좋겠네…… 나? 난, 아빠는 못 만났는데…… 다음에 또 만나겠지, 뭐…….

아, 암튼 이 아주머니들이 말이야, 시도 때도 없이 막 찾아와서 날 이렇게 빤히 바라보는 거야. 공부할 때도 나오고, 화장실에 앉아 있어도 나오고, 신문을 볼 때도 나오고, 영화를 볼 때도 나오고, 친구들이랑 술을 마실 때도 나오고…… 그냥 나와서 말똥말똥 내 얼굴만 바라보고 있는 거야. 아, 신경 쓰이지. 왜 안 그렇겠어. 그래, 내가 그만 좀 와라, 나 책 봐야 한다, 그렇게 말해도 그냥 묵묵부답인 거야. 내가 담배를 피우면 자기들도 같이 담배를 물고…… 응? 아, 이젠 괜찮아. 뭐, 하루이틀 본 사이여야지. 지금도 또 저렇게 나와 앉아 있는데, 뭘…… 어디? 아, 할머니 머리맡에 나와 있잖아. 저기, 둥그렇게 앉아서, 우리 얘기 듣고 있잖아…….

4

그러자 할머니는 누운 자리에서 일어나 내가 가리킨 어두운 벽을 향해 돌아앉았다. 방 안엔 마하반야바라밀다심경이 조용히 흐르고 있었다. 형광등은 꺼진 지 오래였다. 가로등 불빛이 창문 너머에서 흘러들어 오고 있었다. 그 가로등 불빛이 할머니의 그림자를 천장까지 잇닿게 만들어 주었다. 나는 할머니의 그 긴 그림자를 바라보며 가만히 누워만 있었다. 할머니를 말리지 않았다.

할머니는 한동안 말없이 벽을 바라보며 앉아 있다가, 이윽고 두 손을 허공에 쓰윽, 내밀었다. 그것은 누군가와 두 손을 마주 잡는 동작이었다. 그리고 그때부터 할머니는 혼잣말을 하기 시작했다. 가끔 내복 소매로 눈 밑을 닦아 내기도 했지만, 목소리는 흐트러지지 않았다. 무릎을 탁탁, 치면서 홀로 추임새를 넣기도 했다. 나는 눈을 감고 할머니의 조용한 목소리와, 오래된 녹음기에서 흘러나오는 어느 노스님의 불경 소리를 듣고만 있었다. 할머니와 노스님이 두런두런 대화를 나누고 있는 듯한 느낌이었다.

얼마 후, 할머니가 다시 내 옆으로 와 누웠다. 우리는 나란히 베개를 베고 누웠다. 누런 가로등 불빛에 드러난 할머니의 얼굴은 좀 전보다 한결 더 야위어 보였다. 내가 물었다.

"뭐래, 할머니? 할머니 조카들 맞다지?"

"응……."

"뭐래? 만나서 반갑대?"

"갸들이 하지 말라고 하는데도 굳이 큰절을 하드라."

"캬아, 우리 할머니 좋았겠네?"

"응, 덕미 고것은 어찌나 변한 게 없던지……."

"그 막내 아주머니? 그 양반이 얼마나 장난이 심한데……."

"갸가 어릴 적부터 호드기 불면서 노는 걸 좋아했어…… 걸핏하면 네 아빠한테 찾아와서 업어 달라, 호드기 만들어 달라, 그랬어……."

"거, 우리 손주 그만 괴롭히라고 그러지. 그 말은 안 했어?"

"했어……."

"했어? 그래, 뭐래? 이제 안 온대?"

"아니…… 가고 싶어도 못 간대……."

"못 가? 왜?"

"막내가…… 막내가 아직 안 왔대……."

"막내? 막내는 덕미 아주머니 아니야?"

"아니야, 덕용이라고…… 아홉 살 먹은 사내애가 하나 더 있어……."

나는 잠시 주춤했다. 그건 처음 듣는 이야기였다.

"거…… 마지막에 할머니한테 찾아온 조카가 덕미 아주머니 아니야?"

"아니야…… 걔 밑으로 연년생 동생이 하나 더 있었어……."

"그 아저씨 이름이…… 덕용이야?"

"응…… 걔를 아직 못 만났대…… 그래, 기둘리고 있대……."

나는 말없이 불경 소리에 귀를 기울였다. 그러자 할머니가 내게 등을 보인 채, 모로 누우며 말을 했다.

"걔가…… 덕용이, 걔가…… 너랑 똑 닮았대…… 그래서 걔들이 자꾸 널 찾아오는 거래…… 네가 걔인 줄 알고……."

5

나는 좀 난감했다. 그건 미처 생각지 못한 이야기였다. 이야기를 시작한 사람은 분명 나였지만, 어느 순간 할머니의 이야기가 스멀스멀 벽을 타고, 천장을 타고, 다시 내 몸 위로 먹물처럼 진하게 내려앉은 느낌이었다.

나는 무슨 말을 어떻게 다시 시작해야 좋을지 몰라 가만히 천장만 올려다보았다. 모로 누운 할머니는 간간이 한숨을 내쉴 뿐이었다. 나는 단지 위로를 하고 싶었을 뿐이었다. 그게 전부였다. 몹쓸 병에 걸려, 이제는 한 가지 이야기 안에만 머무는 할머니를, 그 안에서 빼내오고 싶었던 것이다. 그러나…… 엉뚱하게도 할머니의 이야기가 바로 내 이야기로 연결되고 말았다. 내가 '걔'가 되어 버린 이야기, 아무리 세월이 흐르고 흘러도 내가 '걔'가 될 수밖에 없는 이야기…….

그러니, 어쩌겠는가. 아무리 몹쓸 병에 걸렸다 하더라도, 한 가지 이야기에 사로잡혔다 하더라도, 할머니의 이야기가 힘이 더 센 것을…… 나는 그것을 또 잊어버린 것이었다. 할머니에게 있어 위로를 받아야 할 사람은, 몹쓸 병에 걸려 버린 당신이 아니라, 당신이 외면한 '걔'였다는 것을…… 이제는 사라져 버린 '걔'를 위로하기 위해 그렇게 같은 이야기를 하고, 또 하고, 또 반복했다는 것을…… 그것이, 내가 아무리 이야기로 밥을 벌어먹고 산다고 하더라도, 할머니의 이야기를 못 당해 내는 이유였다.

6

그래서, 나는 까짓것, 한 번도 본 적 없는 덕용이 아저씨마저 위로해 주기로 마음먹었다. 나는 이불 속에서 움츠러든 몸을 할머니 등 뒤로 더 바싹 밀착시켰다. 그리고 말했다.

"할머니, 내가 정말 그 아저씨랑 닮았어? 그 덕용이 아저씨라는 분하고?"

할머니는 말없이 턱밑까지 이불을 끌어당겼다.

"에이, 그러지 말고 말 좀 해 봐! 어디가 그렇게 닮았는데? 응? 눈? 코? 목소리도 닮았어? 응? 에이, 그러지 말고 나 좀 봐 봐라? 응?"

나는 그러면서 할머니의 호리호리한 허리를 꽉 껴안았다. 그러자 할머니가 놀랄 만큼 센 완력으로, 뒤도 돌아보지 않은 채, 당신의 허리에 감긴 내 두 손을 거칠게 뿌리쳤다. 그리고 할머니의 목소리가 아닌 목소리로, 아니, 내가 아주 어릴 적 듣던 할머니의 목소리로, 이렇게 말을 했다.

"어여 가! 여기가 어디라고 와! 나, 네 이모 아니여…… 어여 니 에미 찾아가!"

7

할머니가 그렇게 말하는 순간, 나는 방 한쪽 벽면 정중앙에, 정사각형으로 문을 낸 벽장이 들어서는 것을, 똑똑히 보았다. 방 윗목으론 늙은 거북이 등판만 한 화로가 들어앉았고, 누워 있는 내 다리 아래쪽으론 사기로 만든, 달항아리만 한 요강이 놓였다. 창밖 가로등이 깜빡깜빡 점멸하기 시작했다.

나는 그리 놀라지 않았다. 그것이 무엇을 뜻하는지 잘 알고 있었기 때문이었다. 나는 그저 예전처럼, 허리를 더 동그랗게 말며 이불 깊숙이 파고들었을 뿐이었다. 그리고 그 안에서…… 나는 내 안에 있는 어떤 다른 이의 목소리를 들었다. 그것은 내 목소리이기도 했지만, 또 한편 할머니의 목소리이기도 했고, 화로와 벽장과 요강이 내는 소리이기도 했다.

"갈 데가 없어요, 이모…… 아저씨들이, 동네 아저씨들이, 엄니와 누이들을 다 잡아갔어요……."

그것은 분명 내 입에서 흘러나오는 목소리는 아니었다. 그러나 할머니는 그 들리지 않는 목소리에 대고 낮고, 화난 목소리로 대꾸했다.

"야가, 가라니까 왜 이리 안 가고 장승처럼 부티고 있어? 아, 어여 가라니까!"

"이모, 저 좀 숨겨 줘요…… 아저씨들이 엄니랑 누이들이랑 다 산으로 끌고 갔대요…… 동무들이 다 봤대요…… 인제 저 잡으러 온대요."

"야야…… 네가 여기 있으면, 인제 네 사촌형도 죽고, 네 이모부도 죽고, 내두 죽는 거야…… 그러니, 어여 가…… 아, 회초리 치기 전에 얼른!"

그러나 나는 그쯤에서 할머니를 말려야 하지 않을까, 고민을 해야만 했다. 그것이 아무리 할머니의 이야기라 하더라도, 그 안에선 할머니도, 덕용이 아저씨도, 아무도 위로받지 못할 거란 생각이 들었기 때문이었다. 괜스레 할머니의 마음만 더 뒤숭숭하게 만들고 괴롭히고 있다는 생각이 쉬이 떠나질 않았다. 그럴 생각은 아니었지만, 결과적으론 그렇게 되어 버리고 말았다는…….

그래, 나는 고민 끝에 주섬주섬 자리에서 일어나 형광등 스위치 쪽으로 걸어갔다. 방 안엔 여전히 화로와 요강이 놓여 있었지만, 나는 못 본 척 지나쳤다. 형광등 스위치를 올리면 모두 흔적도 없이 사라질 것들이었다. 점멸하는 가로등도 사라질 것이고, 벽장도 사라질 것이고, 덕자, 덕순이, 덕미 아주머니도 사라질 것이고, 덕용이 아저씨도 사라질 것이었다. 오로지 할머니의 몹쓸 병만 남게 될 것이었다. 나는 아쉬웠지만, 그게 옳다고 생각했다. 그러나…….

나는 형광등 스위치를 올리지 못했다. 더듬더듬 스위치를 찾아 막 켜려는 순간, 내 등 뒤에서 할머니가 버럭, 소리를 질렀기 때문이었다.

8

"야야! 가란다고 증말 가면 어쩌냐! 얼른 일루 안 와! 아, 얼른!"

할머니는 이불 위에 앉아 다급한 손짓으로 내가 서 있는 반대편 벽을 보며 그렇게 소리쳤다. 두리번두리번 어두운 방 안을 살펴보기도 했다. 나는 그런 할머니를 가만히 바라보고 있다가, 다시 무릎걸음으로 할머니 곁에 다가가 앉았다. 그리고…… 그곳에서, 어두운 벽 구석에 쪼그려 앉아 있는, 잔뜩 겁에 질린 한 아이를 보았다. 빡빡 깎은 머리에, 이곳저곳 '땜통'이 나 있는, 채 아홉 살도 안 돼 보이는 아이를…… 나는 그 아이가 누구인지 금세 알아차릴 수 있었다…….

"거 가면 어쩌려고 글루 가! 어린것이 겁두 없이……."

할머니는 그렇게 말하면서 앉아 있는 아이의 몸 위에 차렵이불을 뒤집어씌웠다. 그리고 마치 아랫목 콩나물시루 감싸듯 촘촘하고 꼼꼼하게, 이불을 두르고 또 둘렀다.

"야야, 여 이모네 부엌에서 한 발짝도 나오면 안 된다. 알았지? 여 장작 뒤에서 찍소리도 내지 말고 있어야 해. 동무들이 불러도 나는 인제 그저 장작이려니, 하고 있으란 말이여. 알았지?"

할머니의 목소리는 그 어느 때보다 조심스러웠다. 손으론 연신 동그랗게 말린 이불을 쓰다듬고 또 쓰다듬었다. 나는 잠자코 그런 할머니의 손을 바라보기만 했다. 그것은 내가 그 동안 듣지 못한, 할머니의 또 다른 이야기였다.

"이모가 어두워지문 옥시기밥 해 줄 테니까, 긍까 그거 먹고…… 오줌이 마려도 그냥 꾹 참고, 알았지?"

할머니는 그렇게 말한 뒤, 가로등이 점멸하는 창문 앞을 서성거리기 시작했다. 두 손을 꼬옥 깍지 낀 채, 이불이 놓인 방구석과 어두운 창밖 거리를 번갈아 가며 바라보았다. 그런 할머니의 허리는 그 옛날 그때처럼, 꼿꼿하게 펴져 있었다.

나는 그런 할머니의 뒷모습을 바라보다가, 나도 모르게 어두운 방 한구석, 이불이 동그랗게 말려 있는 곳으로 다가갔다. 그리고 슬쩍, 이불을 들춰 보았다. 아이는 그 속에 있었다…… 얼굴을 무릎에 묻은 채, 쪼그려 앉아 있는 아이의 등은, 작고 가냘파 보였다. 미투리 안으로 보이는 발은 새까맣게 때가 올라 있었고, 언제 빨아 입었는지 알 수 없는 광목 바지는 무릎 부분이 다 해져 있었다. 눈썹만 새까맣게 위로 솟아 있는 아이…… 나는 그 아이를 한참 동안 바라보다가 괜스레 툭, 한 손으로 아이의 발을 건드려 보았다. 아이는 미동도 하지 않았다. 나는 다시 한 번 툭, 아이의 무릎을 건드렸다. 아이의 허리가 조금 더 움츠러들었다. 나는 아이의 얼굴을 조금 더 자세히 보고 싶었다. 아이는 분명 그 옛날 덕용이 아저씨일 테지만, 나는 꼭 그렇지만도 않다는 생각을 했다. 그래서 나는 계속 툭, 툭, 아이를 귀찮게 괴롭혔다. 그때마다 툭, 툭, 내 몸 어느 한 부분이 떨리는 기분이 들었다.

얼마나 그러고 있었을까? 갑자기 할머니가 이불 근처로 황급히 다가왔다. 그러곤 한 손으로 이불을 휙 낚아챘다.

"야야, 덕용아, 야야, 얼른 인나라. 인제 민보단원 넘들이, 그넘들이 지금 재 넘어서 온단다. 부엌도 이 잡듯 다 뒤진단다. 야야, 어쩌냐? 어데, 어데로 숨냐?"

할머니는 한 손에 이불을 쥐고 계속 창밖을 바라보며 말했다. 점멸하던 가로등은 기어이 불이 나가 버리고 말았다. 그러자 그때까지 미처 몰랐던 달빛이, 이미 거기 오래전부터 있었던 달빛이 방 안으로 쏟아져 들어왔다. 가로등 불빛보다 더 환하고, 더 깊은 빛이, 마치 스포트라이트처럼, 할머니와 아이에게 둥근 원을 만들어 주었다.

그 빛 아래에서…… 아이는 조용히 자리에서 일어나, 장롱과 벽 사이, 할머니가 가끔 박하사탕과 비닐봉지와 오래된 사진들을 숨겨 두는, 그 좁은 틈 사이로 기어 들어가기 시작했다. 채 삼십 센티미터도 안 되는 틈이었지만, 아이의 몸은 쑥쑥 잘도 들어갔다.

"야야, 덕용아…… 그렇다고 거, 아궁이로 들어가면 어떻게 하니? 응? 괜찮아? 거기가 좋아? 그래, 그럼 거기 조금만 있거라…… 이모가 민보단원 넘들 가면 얼른 빼내 줄 테니…… 조금만 있어라. 어둡다고 울지 말고…… 찍소리도 내지 말고…… 조금만 기둘려라, 응?"

할머니는 어두운 틈을 향해, 그렇게 보이지도 않는 틈을 향해, 제자리에 털썩 주저앉아 떨리는 목소리로 말을 했다.

9

그리고……

또 채 몇 분도 지나지 않아, 할머니는 방 안에 있던 여러 잡동사니들을 그 틈 안으로, 장롱과 벽 사이로, 밀어 넣기 시작했다. 부채도 집어넣고, 손거울도 집어넣고, 비녀고 집어넣고, 달력도 집어넣고, 손수건과 지갑도 집어넣고, 그때까지도 계속 반야심경이 흘러나오고 있던 녹음기도 집어넣었다. 그리고 효자손을 들고 그 앞에 쪼그려 앉았다. 틈 사이로 들어간 반야심경은 이전보다 더 큰 울림으로 벽과 벽을 타고 방 안으로 퍼져 나갔다. 아제아제 바라아제 바라승아제 모지사바하. 반야심경의 마지막 구절이었다.

할머니는 그 물건들을 효자손으로 몇 번 들추고, 또 몇 번 쑤시는가 싶더니, 어느 순간 굳은 듯 움직이지 않았다. 효자손만 어둠 속에서, 여리게, 작고 여리게, 떨리고 있었다.

"거 암만 뒤져 봐도 없소…… 갸네가 우리랑 인연 끊은 지가 오래요. 갸가 여기를 어떻게 와요, 오기를…… 남정네들이 부엌에 그리 오래 있는 거 아니요…… 아, 남의 집 아궁이를 뭣한다고 본다 그러소? 지금 우리 누렁이 줄 여물 쑬라 하는 거 안 봬요? 쑤셔 놓은 낭구를 왜 빼라고 그러소? 불이요? 아, 불이야 인제 놓으려고 안 합니까…… 아, 좀 기둘러 보소. 성냥을 찾아야 하지 않겠소…… 남정네들이 뭣한다고 아녀자 부엌에서…… 아, 아니요, 아니요. 성냥 여기 있소, 내 성냥 찾았소…… 인제 불 놓을 테니 그만 가소…… 여기, 여기…… 불 놓소……불이요, 불…….”

할머니는 그렇게 말하면서 화장대 위에 있던 내 라이터를 집어 들었다. 그리고 정말, 불을 붙일 요량으로 라이터를 손수건 근처로 갖고 갔다.

나는 그쯤에서 할머니를 말리지 않을 수 없었다. 할머니의 이야기를 듣는 것도 좋지만, 그렇다고 집에 불을 내면서까지 들을 순 없는 노릇이니까…….

10

그래서 다시 할머니와 나는 나란히 베개를 베고 자리에 눕게 되었다. 가로등이 몇 번 깜빡깜빡거리는가 싶더니, 다시 예전 모습 그대로, 환하고 노랗게, 창문을 타고 들어왔다. 반야심경의 노스님은 도돌이표를 만났는지, 처음부터 다시 시작하고 있었다.

할머니는 좀 지친 모양이었다. 자리에 누워서도 계속 가쁜 숨을 몰아쉬었고, 그러면서도 간간이 한숨을 내쉬었다. 나는 아무 말도 하지 않았다. 할머니의 손을 잡을까, 하다가 그냥 그만두었다…… 할머니는 이미 내게 많은 말을 했으니, 그러니 이제 좀 쉬시게 하는 편이, 그게 더 나을 것 같다는 생각이 들었다. 손을 잡으면 언제 또 무슨 이야기를 시작할지 모를 일이니, 세상 모든 할머니들은 손자의 손에 약한 법이니, 이야기는 언제나 거기에서부터 시작되는 법이니, 그러니…….

그러니까 이제 공은 다시 내게로 넘어온 기분이었다. 덕용이 아저씨는 몰라도, 그래도 할머니는 좀 위로해 드려야 하지 않을까, 뭐 그런 생각이 든 것이었다. 그래서 나는 계속 말똥말똥 천장만 쳐다보고 있다가, 다시 이불 밖으로 조용히 빠져나왔다. 그리 좋은 생각 같진 않았지만, 그래도 그 정도면 되지 않을까, 그 정도면 우리 할머니가 위로받을 수 있지 않을까, 그렇게 단순하게 생각한 것이었다.

나는 할머니가 좀 전에 온갖 잡동사니를 다 밀어 넣었던 장롱과 벽 틈 앞에 섰다. 그리고 그 어두운 틈을 괜스레 화난 사람처럼 노려보다가 슬쩍, 왼쪽 다리를 넣어 보았다. 조금 끼는 느낌이 들었으나 별 무리 없이 허벅지까지 들어갔다. 그래서 나는 다시 마치 출발선상에 선 단거리 경주 주자처럼 두 손으로 땅을 짚고 오른쪽 다리마저 그곳으로 밀어 넣었다.

그런데 그때…… 뜻하지 않은 문제가 생겨 버리고 말았다. 종아리까진 잘 들어가던 오른쪽 다리가 허벅지 부근에서 그만 걸려 버린 것이었다. 허벅지 부근이 틈 사이에 끼여, 빠지지도, 들어가지도 않는 것이었다. 아무리 허리에 힘을 줘 다리를 빼내려 해도, 두 손에 힘을 줘 꺼내려 해도, 다리는 옴짝달싹하지 않았다. 그러니…… 그것이 무엇인가. 나는, 내가 생각하기에도 좀 우스꽝스러운 모습이 되고 만

것이었다.

그러니까 나는 그곳에 들어가 조용히 할머니를 부르려 했다. 아니, 이모, 라고 부르려 했다…… 그래서 이제 다 괜찮다고, 하나도 뜨겁지 않다고, 그러니 이젠 걱정 마시라고, 말하려 했다. 그렇게 말할 생각이었다…… 하지만…… 나는 아무런 말도 할 수 없었다. 그저 계속 칼 루이스처럼, 푸시업을 하는 운동선수처럼, 장롱과 벽 사이에 끼여, 이도 저도 못하는 신세가 되어 버리고 말았다. 그리고 그 사이…… 할머니에게선 쌕쌕, 고른 숨소리가 들려오기 시작했다. 아무리 내가 할머니를 불러도, 이모라고 불러도, 할머니는 일어나지 않았다…….

정작 잠에서 깬 것은 안방에 있던 엄마였다. 안방에서 잠들어 있던 엄마는, 졸린 눈을 비비며 할머니 방으로 들어왔고, 들어오자마자 형광등 스위치부터 올렸다. 그리고 그곳에서…… 장롱과 벽 사이에 끼여 있는 나를 발견하고 흠칫, 뒤로 물러섰다. 나는 나름 반가운 마음에 한쪽 손을 들어 올리며 환하게 웃었다. 어, 엄마 깼어, 라고 말하며…….

그 와중에 잠들어 있던 할머니도 일어나서 나를 발견했다.

"에구머니나! 에미야. 쟈가 왜 저러고 있다냐? 응? 네가 저러라고 시켰냐?"

그러자 말없이 나를 노려보던 엄마가, 장롱 앞에 놓여 있던 효자

손을 들고 내게 달려왔다.

"이놈의 자식! 술 처먹고 들어왔으면 얌전히 잠이나 잘 일이지!"

나는 엄마가 달려오는 모습을 보고 질끈 두 눈을 감았다. 그리고 나도 모르게 속으로 중얼거렸다. 그래도요, 뭐…… 이젠 걱정 마시라는 거죠, 뭐…… 하나도 뜨겁지 않으니까, 그렇게 걱정 마시라는 거죠, 뭐…….

그것이 내가 할 수 있는, 할머니에게 드리는, 작은 위로였다.

11

나는 이 세상에 존재하는 많은 이야기들을 책이 아닌, 할머니를 통해서 처음 알게 되었다. 할머니를 통해서 뱀이 사람으로 변할 수 있다는 것을 알게 되었고, 죽은 사람들이 때론 다시 세상으로 돌아온다는 것도 알게 되었다. 글을 몰랐던 나는, 할머니를 통해서만 그 사람들을 만날 수 있었다.

할머니는 평생 글을 모르고 살아왔다.

《갈팡질팡하다가 내 이럴 줄 알았지》(문학동네, 2006)

1 할머니가 6·25 전쟁 때 겪은 사건을 정리해 봅시다.

2 치매에 걸린 뒤 계속 한 가지 이야기만 되풀이해서 들려주는 할머니의 심정을 헤아려 봅시다.

3 이 소설에서 사실성이 두드러진 부분과 환상이 두드러진 부분을 찾아봅시다.

4 이 소설을 읽고 난 뒤, 이야기나 소설과 같은 문학이 인간의 삶에 어떤 의미가 있는지 이야기해 봅시다.

| 소설 들여다보기 |

'나'에게 어릴 때부터 세상의 숱한 이야기들을 들려주셨던 할머니가 여든을 넘기고 몹쓸 병에 걸린 뒤부터는 6·25 전쟁 때 이야기만 되풀이하고 있다. 전쟁 중에 사라졌던 할머니의 형부가 백마 타고 나타나서 가족이 굶지 않게 되었으나 전세가 역전되면서 언니와 조카들이 몰살당한 이야기며, 숨겨 달라고 찾아온 조카를 모른 척해 버린 이야기를 자꾸만 되풀이한다. 아마도 할머니가 평생 지니고 있던 한을 누군가에게 풀어 놓고 싶었기 때문일 것이다.

'나'는 할머니 이야기를 들은 답으로 할머니에게 이야기를 들려준다. 예전에 우연히 '나'의 집을 지나치던 스님이 '나'가 일찍 죽을 거라면서, 명을 길게 하려면 고생을 해서 원혼들을 달래 줘야 한다고 했던 적이 있었다. 그 뒤로 '나'의 꿈에 한 가족으로 보이는 같은 사람들이 자꾸 나왔는데, 아버지로 보이는 사람은 흰 말을 타고 오고, 어머니로 보이는 사람은 흰 저고리에 검정 치마를 입고 나온다. '나'의 이야기를 들은 할머니는 그분들이 '나'의 이모할아버지와 이모할머니라고 한다. 그리고 그들을 따라 나오는 딸들은 덕자, 덕순이 같은 이름을 가진 이모할머니의 딸이라고 말한다. 그들은 시도 때도 없이 '나'를 따라다니는데, 할머니와 얘기를 나누고 있는 지금도 옆에 둥그렇게 앉아 있다. '나'의 이야기를 들은 할머니는 '나'가 가리킨 쪽을 향해 돌아앉더니 그들과 얘기를 나누는 듯 혼잣말을 하기도 한다.

할머니는 그들이 조카들인데, 저승으로 가고 싶어도 막내 덕용이가 안 와서 못 간다고 전해 준다. 그리고 덕용이 '갸'가 '나'를 닮아서 자꾸 찾아오는 거라고 한다. 할머니가 덕용이 '갸'를 위로하기 위해 같은 이야기를 되풀이하고 있는 것이라는 생각을 하게 된 '나'는 덕용이 아저씨가 되어서 그를 위로해 주기로 마음먹는다. '나'가 할머니를 껴안자 할머니는 난 이모가 아니니 어서 가라고 말한다. 숨겨 달라고 사정해도 어서 가라고 하던 할머니는 환영으로 나타난 덕용이 아저씨를 상대로 새로운 이야기를 덧붙인다. 덕용이 아저씨를 부엌에 숨겼으나 민보단 놈들이 부엌까지 샅샅이 뒤진다며 어디로 숨겨야 할지 몰라 할머니가 허둥대는 사이에 덕용이 아저씨는 아궁이로 들어갔고, 할머니는 덕용이 아저씨를 감추기 위해 아궁이에 땔감을 가득 집어넣었으나 민보단원들이 아궁이에 불을 붙이라고 했다는 것이다. 할머니가 아궁이에 불을 붙이려고 하는 순간에 '나'는 할머니를 제지한다. 그리고 할머니에게 아궁이로 보였을 장롱과 벽 틈에 다리를 집어넣고 덕용이 아저씨가 되어 하나도 뜨겁지 않다고 할머니를 위로하려고 했다. 그런데 이미 할머니는 쌔근쌔근 잠이 들어 버렸다.

할머니의 이야기를 들으면서 자란 '나'는 이야기를 들려주어 할머니를 위로하려 한다. 치매에 걸린 할머니는 같은 이야기만 되풀이하는데, 그것은 할머니에게 도저히 씻어 낼 수 없는 한의 응어리가 된 과거의 경험이다. 본의 아니게 어린 조카를 죽인 할머니는 치매로 뇌세포가 파괴된 상태에서 다른 기억들을 지우고 그 이야기만 되풀이하는 것이다.

이 소설을 읽으면 한 판의 굿을 보는 것 같다. 일반적으로 굿은 한을 품은 영혼을 달래고 위로하는 형식으로 진행된다. 할머니에게 이야기를 들으며 자라서 이야기가 지닌 상상의 세계에 익숙한 '나'는 이야기 속의 가상 세계에 익숙하게 들어갈 수 있다. 할머니를 위로하기 위해 이야기를 시작했으나, 이야기 속 덕용이 아저씨를 위로하는 단계로 나아가고, 마침내 '나'는 할머니의 상처로 남아 있는 아궁이 속 덕용이 아저씨가 되어 할머니를 위로하는 내용으로 굿은 마무리된다.

태형
김동인

"기쇼오(기상)!"

잠은 깊이 들었지만 조급하게 설렁거리는 마음에, 이 소리가 조그맣게 들린다. 나는 한순간 화닥닥 놀라 깨었다가 또다시 잠이 들었다.

"여보, '기쇼'야. 일어나요."

곁의 사람이 나를 흔든다. 나는 돌아누웠다. 이리하여 한 초, 두 초, 꿀보다도 단 잠을 즐길 적에 그 사람은 또 나를 흔들었다.

"잠 깨구 일어나소."

"누굴 찾소?"

이렇게 나는 물었다. 머리는 또다시 나락(奈落)의 밑으로 미끄러져 들어간다.

"그러디 말구 일어나요. 지금 오(五)방 뎅껭(점검)합넨다."

"여보, 십 분 동안만 제발 더 자게 해 주."

"그거야 내가 알갔소? 간수한테 들키면 당신 혼나갔게 말이디."

"에이! 누가 남을 잠두 못 자게 해! 난 잠들은 데 두 시간두 못 됐구레. 제발 조꼼만 더……."

이 말이 맺기 전에 나의 넓은 침실과 그 머리맡의 담배를 걸핏 보면서, 나는 또다시 혼혼히 잠이 들었다. 그때에 문득 내게 담배를 한 가치 주는 사람이 있으므로, 그 담배를 먹으려 할 때에 아까 그 사람(나를 흔들던 사람)은 또다시 나를 흔든다.

"기쇼 불렀소. 뎅껭꺼정 해요. 일어나래두……."

"여보! 이제 남 겨우 또 잠들었는데 깨우긴 왜……."

"뎅껭해요."

나는 벌컥 역정을 내었다.

"뎅껭이면 어떻단 말이오? 그래 노형 상관있소?"

"그만둡시다. 그러나 일어나 나오."

'남 이제 국수 먹고 담배 먹은 꿈 꾸랬는데……'

이 말을 하려던 나는 생각만 할 뿐 또다시 잠이 들었다. 또 한 초, 두 초 단꿈에 빠지려던 나는 곁방에서 들리는 제걱거리는 칼 소리와 문을 덜컥덜컥 여는 소리에 펄덕 놀라서 일어나 앉았다. 그러나 온몸을 취케 하던 졸음은 또다시 머리를 덮는다. 나는 무릎을 안고 머리를 묻은 뒤에 또다시 잠이 들었다. 또 한 초, 두 초, 시간은 흐른다. 덜컥! 마침내 우리 방문을 여는 소리가 났다. 나는 갑자기 굴복을 하고 머리를 들었다. 이미 잘 아는 바이거니와 한 초 전에 무거운 잠에 취하였던 사람이라고는 생각 안 되도록 긴장된다.

덜컥 하는 소리와 함께 문이 열리며 간수가 서넛 들어섰다.

"뎅껭!"

다섯 평이 좀 못 되는 방에는 너무 크지 않나 생각되는 우렁찬 소리가 울리며, 경험으로 말미암아 숙련된 흐르는 듯한 (우리의 대명사인) 번호가 불린다. 몇 호, 몇 호, 이렇게 흐르는 듯이 불러 오던 간수 부장은 한 번호에 머물렀다.

"나나햐쿠나나주욘고 호(칠백칠십사호)."

아무 대답이 없다.

"나나햐쿠나나주욘고 호."

자기의 대명사 – 더구나 일본말로 부르는 것을 알아듣지 못한 774호의 영감(곧 내 뒤에 앉은)은 역시 대답이 없었다. 나는 참다못하여 그를 꾹 찔렀다. 놀라서 덤비는 대답이 그때야 겨우 들렸다.

"예, 하이!"

"난고 하야쿠 헨지오 시나이(왜 빨리 대답 안 하나)? 이리 와!"

이렇게 부장은 고함쳤다. 그러나 영감은 가만있었다. 고요한 가운데 소리 하나 없다.

"이리 오너라!"

두 번째 소리가 날 때에 영감은 허리를 구부리고 그의 앞에 갔다. 한순간 공기를 헤치는 날카로운 소리와 함께, 이것 역시 경험 때문에 손 익게 된 솜씨인, 드는 손 보이지 않는 채찍은 영감의 등에 내려 맞았다.

영감은 가만있었다. 그러나 눈에는 눈물이 있었다.

774호 뒤의 번호들이 모두 불린 뒤에 정신 차리라는 책망과 함께 영감은 자기 자리에 돌아오고, 감방 문은 다시 닫혔다.

이상한 일이거니와 한 사람이 벌을 받으면 방 안의 전체가 떨린다. (공분이라거나 동정이라든가는 결코 아니다.) 몸만 떨릴 뿐 아니라 염통까지 떨린다. 이 떨림을 처음 경험한 것은 경찰서에서 세 시간을 연하여 맞은 뒤에 구류실에 들어가서 두 시간 동안을 사시나무 떨듯 떨던 때였다. 죽지나 않나까지 생각하였다. (지금은 매일 두세 번씩 당하는 현상이거니와……)

방은 죽음의 방같이 소리 하나 없다. 숨도 크게 못 쉰다. 누구나 곁을 보면 거기는 악마라도 있는 것처럼 보려도 안 한다. 그들에게 과연 목숨이 남아 있는지?

좀 있다가 점검이 끝났는지 간수들의 발소리가 도로 우리 방 앞을 지나갔다. 그때 아까 그 영감의 조그만 소리가 겨우 침묵을 깨뜨렸다.

"집엔, 그 녀석(간수)보담 나이 많은 아들이 두 녀석이나 있쉐다가레……."

덥다.

몇 도인지 백십 도 혹은 그 이상인지도 모르겠다.

매일 아침 경험하는 바와 같이 동쪽 하늘에 떠오르는 해를, '저 해가 이제 곧 무르녹일 테지' 생각하면 그 예상을 맞히려는 듯이 해는 어느 덧 방 안을 무르녹인다.

다섯 평이 조금 못 되는 이 방에, 처음에는 스무 사람이 있었지만, 몇 방을 합칠 때에 스물여덟 사람이 되었다. 그때에 이를 어찌하노 하였다. 진남포 감옥에서 공소로 넘어온 사람까지 하여 서른네 사람이 되었을 때에 우리는 한숨을 쉬었다. 그러나 신의주와 해주 감옥에서 넘어온 사람까지 하여 마흔한 사람이 된 때에 우리는 한숨도 못 쉬었다. 혀를 채였다.

곧 처마 끝에 걸린 듯한 뜨거운 해는 그침 없이 더위를 보낸다. 몸 속에 어디 그리 물이 많았던지 아침부터 그침 없이 흘린 땀은 그냥 멎지 않고 흐른다. 한참 동안 땀에 힘없이 앉아 있던 나는 마지막 힘을 내어 담벽을 기대고 흐늘흐늘 일어섰다. 지옥이었다. 빽빽이 앉은 사람들은 모두 힘없이 머리를 숙이고 입을 송장같이 벌리고, 흐르는 침과 땀을 씻을 생각도 안 하고 먹먹히 앉아 있다. 둥그렇게 구부러진 허리, 맥없이 무릎 위에 놓인 팔, 뚱뚱 부은 시퍼런 얼굴에 힘없이 벌려진 입, 정기 없는 눈, 흩어진 머리와 수염, 모든 것은 죽은 사람이었다. 이것이 과연 아침에 세면소까지 뛰어갔으며 두 시간 전에 점심 먹느라고 움직인 사람들인가? 나의 곤하여 둔하게 된 감각에도 눈이 쓰린 역한 냄새가 쏜다.

그들은 무얼 하여 여기 왔나. 바람 불고 잘 자리 있고 담배 있는 저 세상에서 무얼 하러 여기 왔나. 사랑스러운 손주가 있는 사람도 있겠지. 예쁜 아내가 있는 사람도 있겠지. 제가 벌어먹이지 않으면 굶어 죽을 어머니가 있는 사람도 있겠지. 그리고 그들은 자유로 먹고 마시고 자유로 바람을 쐬고 자유로 자고 있었을 테다. 그러던 그들이 어떤 요구로 여기를 왔나.

그러나 지금의 그들의 머리에는, 독립도 없고 민족 자결도 없고 자유도 없고 사랑스러운 아내나 아들이며 부모도 없고 또는 더위를 깨달을 만한 새로운 신경도 없다. 무거운 공기와 더위에게 괴로움 받고

학대받아서 조그맣게 두개골 속에 웅크리고 있는 그들의 피곤한 뇌에 다만 한 가지의 바람이 있다 하면, 그것은 냉수 한 모금이었었다. 나라를 팔고 고향을 팔고 친척을 팔고 또는 뒤에 이를 모든 행복을 희생하여서라도 바꿀 값이 있는 것은 냉수 한 모금밖에는 없었다.

즉, 그때에 눈에 걸핏 떠오른 것은 (때때로 당하는 현상이거니와) 쫄쫄쫄쫄 흐르는 샘물과 표주박이었다.

"한 잔만 먹여 다고, 제발……."

나는 누구에게 비는지 모르게 빌었다. 그리고 힘없는 눈을 또다시, 몸과 몸이 서로 닿아서 썩어서 몸에는 종기투성이요 전 인원의 십분의 칠은 옴쟁이인 무리로 향하였다. 침묵의 끝없는 시간은 그냥 흐른다.

나는 도로 힘없이 앉았다.

"에, 더워 죽겠다!"

마지막 '죽겠다'는 말은 똑똑히 들리지 않도록 누가 토하는 듯이 말하였다. 그러나 아무도 거기 대꾸할 용기가 없는지 또 끝없는 침묵이 연속된다.

머리나 몸 가운데 어느 것이든 노동하지 않고는 사람은 못 사는 것이다. 그 사람들이 몇 달 동안을 머리를 쓸 재료가 없이 몸을 움직일 틈이 없이 지내 왔으니 어찌 견딜 수가 있을까. 그것도 이 더위에…….

더위는 저녁이 되어 가며 차차 더해진다. 모든 세포는 개개의 목숨을 가진 것같이, 더위에 팽창한 몸의 한 부분이라고는 생각할 수가 없었다. 무겁고 뜨거운 공기가 허파에 들어갔다가 나올 때마다 더위는 더해진다. 이러고야 어찌 열병 환자가 안 날까?

닷새 전에 한 사람이 병감으로 나가고, 그저께 또 한 사람 나가고, 오늘은 또 두 사람이 앓고 있다.

우리는 간수가 병인을 병감으로 데리고 나갈 때마다 부러운 눈으로 그들을 보았다. 거기는 한 방에 여남은 사람밖에는 두지 않았다. 그리고 그들에게는 '물'약을 주었다. 뿐만 아니라 그들은 맑은 공기를 마실 기회가 있었다.

"오늘이 일요일이지요?"

나는 변기 위에 올라앉아서 어두운 전등 빛에 이를 잡으면서 곁에서 있는 사람에게 물었다. (우리는 하룻밤을 삼분(三分)하고 사람을 삼분하여 번갈아 잠을 자고, 남은 사람은 서서 기다리기로 하였다.)

"내니 압네까? 종은 텁네다만, 삼일날인디 주일날인디……."

그러나 종소리는 그냥 땡－땡－고요한 밤하늘에 울려 온다. 그것은 마치, '여기는 자유로 냉수를 마시고 넓은 자리에서 잘 수 있는 사람이 있다'는 것처럼…….

"사람의 얼굴이 좀 보구 싶어서……."

"그래요. 정 사람의 얼굴이 보구파요."

"종소리 나는 저 세상엔 물두 있을 테지. 넓은 자리두 있을 테지. 바람두, 바람두, 불 테지……."

이렇게 나는 중얼거렸다.

"물? 물? 여보, 말 마오. 나두 밖에 있을 땐 목마르면 물두 먹구 넓은 자리에서 잔 사람이외다."

그는 성가신 듯이 외면을 한다.

그 말을 듣고 보니 나도 밖에 있을 때는 자유로 물을 먹었다. 자유로 버드렁거리며 잤다. 그러나 그것은 지나간 옛적의 꿈과 같이 머리에 남아 있을 뿐이다.

"아이스크림두 있구."

이번은 이편의 젊은 사람이 나를 꾹 찔렀다.

"아이스크림? 그것만? 여보, 그것만? 내겐 마누라두 있소. 뜰의 유월도(六月桃)두 거반 익어 갈 때요!"

나는 이렇게 말하였다. 즉, 아까 영감이 성가신 듯이 도로 나를 보며 말한다.

"마누라? 여보, 젊은 사람이 왜 그런 철없는 소리만 하오? 난 아들이 둘씩이나 있었소. 삼월 야드렛날 뫼골짜기에서 만세 부를 때 집안이 통 떨테나서 불렀소구레. 그르누래는데 툭탁툭탁 총소리가 나더니 데켄 앞에 있던 맏이가 꼬꾸러딥데다가레. 그래서 그리루 가 볼래는데 이번은 녚에 있던 둘째두 또 꼬꾸러디디요. 한꺼번에 아들 둘을 잡아먹구……. 그래서 정신없이 덤비누래니낀…… 음! 그런데 노형은 마누라? 마누라가 대테 무어이요."

"그래서 어찌 됐소?"

나는 그냥 이를 잡으면서 물었다.

"내가 알갔소. 난 곧 잽헤왔으니낀. 밥두 차입 안 하구 우티두 안 보내는 걸 보느낀 죽었나 붸다."

"난 어디카구."

이번은 한 서너 사람 격하여 있는 마흔아믄 난 사람이 말을 시작하였다.

"그날 자꾸 부르구 있누래니끼, 그 헌병 놈들이 따라옵데다. 그래서 도망덜 해서, 멧기슭에꺼정은 갔는데 뒤를 보아야 더 뛸 데가 없습데다가레. 궁한 쥐, 괭이게 달려든다구 할 수 있습데까? 맞받아 나갔디요. 그르닝낀 총을 놓기 시작하는데 그러구 여게서 하나 더게서 하나 푹푹 된장독 넘어디덧 꼬꾸라디는데……."

그는 여기서 잠깐 말을 멈추고 그때 일을 생각하는 듯하더니 다시 말을 시작한다.

"그르누래는데 우리 아우가 맞아 넘어딥데다가레. 그래서 뒤집어 업구 도망할래는데 엎틴 데 덮틴다구 그만 나꺼정 맞아 넘어뎄디요. 정신을 차리니낀 발세 밤인데 들이 춥기만 해요. 움쪽을 못하갔는 걸 게와 벌벌 기어서 좀 가누라니낀 웅성웅성하는 사람 소리가 나요. 아, 사람의 소릴 들으니낀 푹 맥이 풀리는데 고만 쓰러데서 움쪽을 못하갔시요. 그래서 헐덕거리구 가만있누래는데 발자국 소리가 가까워 오더니 '여게두 죽은 놈 하나 있다' 하더니 발루 툭 찹데다가레. 그래서 앓는 소릴 하니낀 죽디 않았다구 것에다가 담는데, 그때 보느낀 헌병덜이야요. 사람이 막다른 골에 들믄 죽디 않게 났습데다. 약질두 안 하구 그대루 내버레둔 것이 이진 다 나아시요."

하며 그가 피투성이의 저고리 자락을 들치니까 거기는 다 나은 흐무

러진 총알 자리가 있다.

"난 우리 아바진 (난 맹산서 왔지요.) 우리 아바진 헌병대 구류장에서 총 맞아 없어시요. 오십 인이 나를 구류장에 몰아넣구 기관총으루……. 도죽놈들!"

그러나 우리들(자지 않고 서서 기다리기로 한) 가운데도 벌써 잠이 든 사람이 꽤 많았다. 서서 자는 사람도 있다. 변기 위 내 곁에 앉았던 사람도 끄덕끄덕 졸다가 툭 변기에서 떨어졌다. 그리고 떨어진 그대로 잔다. 아래 깔린 사람도 송장이 아닌 증거로는 한두 번 다리를 버둥거릴 뿐 그냥 잔다.

나도 어느덧 잠이 들었는지 모르겠다. 가슴이 답답하여 깨니까 (매일 밤 여러 번씩 겪는 현상이거니와) 내 가슴과 머리는 온통 남의 다리(수십 개의) 아래 깔려 있다. 그것들을 우므적우므적 겨우 뚫고 일어나서 그냥 어깨에 걸려 있는 몇 개의 남의 다리를 치워 버리고 무거운 김을 뱉었다.

다리 진열장이었다. 머리와 몸집은 어디 갔는지 방 안에 하나도 안 보이고, 다리만 몇 겹씩 포개이고 포개이고 하여 있다. 저편 끝에서 다리가 하나 버드렁거리는가 하면 이편 끝에서는 두 다리가 움질움질하고…… 그것도 송장의 것과 같은 시퍼런 다리를. 이, 사람의 세계를 멀리 떠난 그들에게도 사람과 같은 꿈이 꾸어지는지(냉수 마시는 꿈이라도 꾸는지 모르겠다.) 때때로 다리들 틈에서 꿈 소리가 나온다.

아아, 그들도 집에 돌아만 가면 빈약하나마 제가 잘 자리는 넉넉할 것을…….

저편 끝에서 다리가 일여덟 개 들썩들썩하더니 그 틈으로 머리가 하나 쑥 나오다가 긴 숨을 내쉬고 도로 다리 속으로 스러진다.

그것을 어렴풋이 본 뒤에 나도 자려고 맥 난 몸을 남의 다리에 기대었다.

아침 세수를 할 때마다 깨닫는 것은, 나는 결코 파래지 않았다는 것이었다. 부었는지 살쪘는지는 모르지만, 하루 종일 더위에 녹고 밤새도록 졸음과 땀에게 괴로움 받은 얼굴을 상쾌한 찬물로 씻을 때마다 깨닫는 바가 이것이다. 거울이 없으니 내 얼굴은 알 수 없고, 남의 얼굴은 점진적이니 모르지만 미끄러운 땀을 씻고 보등보등한 뺨을 만져 볼 때마다 나는 결코 파래지 않았다는 것을 깨닫는다. 그리고 이 세수 뒤의 두세 시간이 우리의 살림 가운데는 그중 가장 값이 있는 살림이며, 그중 사람 비슷한 살림이었다. 이때뿐이 눈에는 빛이 있고 얼굴에는 산 사람의 기운이 있었다. 심지어는 머리도 얼마간 동작하며 혹은 농담을 하는 사람까지 생기게 된다. 좀(단 몇 시간만) 지나면 모든 신경은 마비되고, 머리를 늘이고 떠도 보지를 못하는 눈을 지르감고 끓는 기름과 같이 숨을 헐떡거릴 사람과 이 사람들 사이에는 너무 간격이 있었다.

"이따는 또 더워질 테지요?"

나는 곁의 사람에게 이렇게 말하였다.

"더워요? 덥긴 왜 더워? 이것 보구려, 오히려 추운 편인데……."

그는 엄청스럽게 몸을 떨어 본 뒤에 웃는다.

아직 아침은 서늘한 유월 중순이었다. 캘린더가 없으니 날짜는 똑똑히 모르되 음력 단오를 좀 지난 때였다. 하루 종일 받은 더위를 모두 방산한 아침은 얼마간 서늘하였다.

"노형, 어제 공판 갔댔디요?"

이렇게 나는 그 사람에게 물었다.

"예."

"바깥 형편이 어떻습디까?"

"형편꺼정이야 알겠소? 그저 포플러두 새파랗구, 구름도 세차게 날아다니구, 다 산 것 같습디다. 땅바닥꺼정 움직이는 것 같구. 사람들두 모두 상판이 시커먼 것이 우리 보기에는 도둑놈 관상입디다."

"그것을 한번 봤으면……."

나는 한숨을 쉬었다. 삼월 그믐, 아직 두꺼운 솜옷을 입고야 지낼 때에 여기를 들어온 나는 포플러가 푸른빛이었는지 녹빛이었는지 똑똑히 모른다.

"노형두 수일 공판 가겠디요."

"글쎄, 언제 한번은 갈 테지요. 그런데 좋은 소식은 못 들었었소?"

"글쎄, 어제 이야기한 거같이 쉬 독립된답디다."

"쉬?"

"한 열흘 있으면 된답디다."

나는 거게 대꾸를 하려 할 때에 곁방에서 담벽을 두드리는 소리가 들렸다. 그것은 ㄱㄴㄷ과 ㅏㅑㅓㅕ를 수(數)로 한 우리의 암호 신보(暗號信報)였다.

"무, 엇, 이, 오?"

이렇게 두드렸다.

"좋, 은, 소, 식, 있, 소, 독, 립, 은, 다, 되, 었, 다, 오."

"어, 디, 서, 들, 었, 소."

"오, 늘, 아, 침, 차, 입, 밥, 에, 편, ㅈ."

여기까지 오던 신호는 뚝 끊어졌다.

"보구려. 내 말이 옳지 않나……."

아까 사람이 자랑스러운 듯이 수군거렸다.

"곁방에서 공판 갈 사람을 불러낸다. 오늘은……."

"노형, 꼭, 가디."

"글쎄, 꼭 가야겠는데. 사람두 보구, 시퍼런 나무들두 보구, 넓은 데를…….

그러나 우리 방에서는 어제 간수부장에게 매 맞은 그 영감과 그 밖에 영원 맹산 등지 사람 두셋이 불려 나갈 뿐, 나는 역시 그 축에서 빠졌다.

'언제든, 한번 간다.'

나는 맛없고 골이 나서 속으로 중얼거렸다. 그러나 그 '언제든'이 과연 언제일까. 오늘은 꼭, 오늘은 꼭, 이리하여 석 달을 밀려 온 나였다. '영구'와 같이 생각되는 석 달을 매일 아침마다 공판 가기를 기다리면서 지내 온 나였다. '언제 한때'란 과연 언제일까? 이런 석 달이

열 번 거듭하면 서른 달일 것이다.

"노형은 또 빠뎄구려."

"싫으면 그만두라지. 도둑놈들!"

"이제 한번 안 가리까?"

"이제? 이제가 대체 언제란 말이오? 십 년을 기다려두 그뿐, 이십 년을 기다려두 그뿐……."

"그래도 한 번이야 안 가리까?"

"나 죽은 뒤에 말이오?"

나는 그에게까지 역정을 내었다.

좀 뒤에 아침밥을 먹을 때까지도 나의 마음은 자못 편치 못하였다. 그것은 바깥 구경할 기회를 빨리 지어 주지 않는 관리에게 대함이라기보다, 오히려 공판에 불려 나가게 된 행복된 사람들에게 대한 무거운 시기에 가까운 것이었다.

점심을 먹고, 비린내 나는 냉수를 한 대접 다 마신 뒤에 매일 간수의 눈을 기어 가면서 장난하는 바와 같이, 밥그릇을 당기어서 거게 아직 붙어 있는 밥알을 모두 뜯어서 이기기 시작하였다. 갑갑하고 답답하고 서로 이야기하는 것을 허락지 않고 공상을 하자 하여도 인전 벌써 재료가 없어진 우리가 가질 수 있는, 다만 하나의 오락이 이것이었다. 때가 묻어서 새까맣게 될 때는 그 밥알은 한 덩어리의 떡으로 변한다. 그 떡은, 혹은 개, 혹은 돼지, 때때로 간수의 모양으로 빚어져서 마지막에는 변기통으로 들어간다…….

한참 내 손 속에서 움직이던 떡 덩이는, 뿔이 좀 크게 되었지만 한 마리의 얌전한 소가 되어 내 무릎 위에 섰다. 나는 머리를 들었다.

아직 장난에 취하여 몰랐지만 해는 어느덧 또 무르녹이기 시작하였다. 빈대 죽인 피가 여기저기 묻은 양회(洋灰) 담벽에는 철창 그림자가 똑똑히 그려져 있다. 사르는 듯한 더위는 등지고 있는 창밖에서 등을 탁 치고, 안고 있는 담벽에서 반사하여 가슴을 탁 치고, 곁에 빽빽이 있는 사람의 열기로 온몸을 썩인다. 게다가 똥오줌 무르녹은 냄새와 살 썩은 냄새와 옴 약 내에 매일 수없이 흐르는 땀 썩은 냄새를 합하여, 일종의 독가스를 이룬 무거운 기체는 방에 가라앉아서 환기까지 되지 않았다. 우리의 피곤하여 둔하게 된 감각으로도 넉넉히 깨달을 수 있는 역한 냄새였다. 간수가 가까이 와서 들여다보지 않는 것도 당연한 일이었다.

그러고 보니 생각나거니와 나뿐 아니라 온 사람의 몸에는 종기투성이였다. 가득 차고 일변 증발하는 변기 위에 올라앉아서 뒤를 볼 때마다 역정 나는 독한 습기가 엉덩이에 묻어서, 거기서 생긴 종기를 이와 빈대가 온몸에 퍼져서 종기투성이 아닌 사람이 없었다.

땀은 온몸에서 뚝뚝 – 이라는 것보다, 좔좔 흐른다.

"에 – 땀."

나는 힘없이 중얼거렸다. 이상한 수수께끼와 같은 일이 있었다. 밥 먹은 뒤에 냉수를 벌컥벌컥 마시면 이삼십 분 뒤에는 그 물이 모두 땀으로 되어 땀구멍으로 솟는다. 폭포와 같다 하여도 좋을 땀이 목과 가슴에서 흘러서, 온몸에 벌레 기어 다니는 것같이 그 불쾌함은 말할 수가 없다.

그러나 땀을 씻는 사람은 하나도 없다. 손가락 하나라도 움직이면 초열지옥(焦熱地獄)에라도 떨어질 것같이, 흐르는 땀을 씻으려는 사람도 없다.

'얼핏 진찰감(診察監)에 보내어 다고.'

나의 피곤한 머리는 이렇게 빌었다. 아침에 종기를 핑계 삼아 겨우 빌어서 진찰하러 갈 사람 축에 든 나는, 지금 그것밖에는 바랄 것이 없었다. 시원한 공기와 넓은 자리를 (다만 일이십 분 동안이라도) 맛보는 것은 여간한 돈이나 명예와는 바꿀 수 없는 귀중한 것이었다. 그것뿐 아니라, 입감 이래로 안부는커녕 어느 감방에 있는지도 모르는 아우의 소식도 알는지도 모르겠다.

즉, 뜻하지 않게 눈에 떠오른 것은 집의 일이었다. 희다 못하여 노랗게까지 보이는 햇빛에 반사하는 양회 담벽에 먼저 담배와 냉수가 떠오르고 나의 넓은 자리가 (처음 순간에는 어렴풋하였지만) 똑똑히 나타났다. (어찌하여 그런 조그만 일까지 똑똑히 보였던지 아직껏 이상하게 생각하거니와) 파리 한 마리, 성냥갑에서 담뱃갑으로 도로 성냥갑으로 왔다 갔다 한다.

"쌍!"

나는 뜨거운 기운을 뱉었다.

"파리까지 자유로 날아다닌다."

성내려야 성낼 용기까지 없어진 머리로 억지로 성을 내고, 눈에서 그 그림자를 지워 버리려 하였다. 그러나 담배와 냉수는 곧 없어졌지만, 성가신 파리는 끝끝내 떨어지지를 않았다.

나는 손을 들어서 (마치 그 파리를 날리려는 것같이) 두어 번 얼굴을 부친 뒤에 맥없이 아까 만든 소를 쥐었다.

공기의 맛이 달다고는, 참으로 경험해 보지 못한 사람은 뜻도 못할 일일 것이다. 역한 냄새 나는 뜨거운 기운을 뱉고 달고 맑은 새 공기를 들이마시는 처음 순간에는, 기절할 듯이 기뻤다.

서늘한 좋은 일기였다. 아까는 참말로 더웠는지 더웠으면 그 더위는 어디로 갔는지, 진찰감으로 가는 동안 오히려 춥다 하여도 좋을 만치 서늘하였다.

그러나 그보다도 더 기쁜 것은 거기서 아우를 만난 일이었다.

"어느 방에 있니?"

나는 머리를 간수에게 향한 대로 조그만 소리로 물었다.

"사(四)감 이(二)방에."

나는 좀 있다가 또 물었다.

"몇 사람씩이나 있니? 덥지?"

"모두들 살이 뚱뚱 부었어……."

"도죽놈들. 우리 방엔 사십여 인이 있다. 몸뚱이가 모두 썩는다. 집에 오히려 널거서 걱정인 자리가 있건만. 너 그새 앓지나 않었니?"

"감옥에선 앓을래야 병이 안 나. 더워서 골치만 쏘디……."

"어떻게 여기(진찰감) 나왔니?"

"배 아프다구 거짓부리하구……."

"난 종처투성이다. 이것 봐라."
하면서 나는 바지를 걷고 푸릿푸릿한 종기를 내놓았다.
"그런데 너희 방에 옴쟁이는 없니?"
"왜 없어……."
그는, 누구도 옴쟁이고 누구도 옴쟁이고, 알 이름 모를 이름 하여 한 일여덟 사람 부른다.
"그런데 집에서 면회는 왜 안 오는디……."
"글쎄 말이다. 모두들 죽었는지……."
문득 아직껏 생각도 해 보지 않은 일이 머리에 떠오른다. 석 달 동안을 바깥 사람이라고는 간수들밖에 보지 못한 우리에게는 바깥이 어떤 형편인지는 모를 지경이었다. 간혹 재판소에 갔다 오는 사람도 있기는 하지만, 거기 다니는 길은 야외라, 성 안은 아직 우리가 여기 들어올 때와 같이 음음한 기운이 시가를 두르고 상점은 모두 철전(撤廛)을 하고 있는지, 혹은 전과 같이 거리에는 흥정이 있고 집 안에는 웃음소리가 터지며 예배당에는 결혼하는 패도 있으며 사람들은 석 달 전에 일어난 그 사건을 거반 잊고 있는지 보기는커녕 알지도 못할 일이었다. 일가나 친척의 소소한 일은 더구나 모를 일이었다.
"다 무슨 변이 생겼나 부다."
"그래두 어제 공판 갔던 사람이 재판소 앞에서 맏형을 봤다는데……."
아우는 근심스러운 얼굴로 이렇게 말하였다. 그러나 그 아우의 마지막 '봤다는데'라는 말과 함께,

"천십칠 호!"

하고 고함치는 소리가 귀에 울리었다. 그것은 내 번호였다.

"네!"

"딘찰."

나는 빨리 일어서서 의사의 앞으로 갔다.

"오데가 아파?"

"여기요."

하고 나는 바지를 벗었다. 의사는 내가 내려놓은 엉덩이와 넓적다리를 얼핏 들여다보고, 요만한 것을…… 하는 듯 얼굴로 말없이 간호수에게 내맡긴다. 거기서 껍진껍진한 고약을 받아서 되는대로 쥐어바르고 이번은 진찰 끝난 사람 축에 앉았다.

이때에 아우는 자기 곁에 앉은 사람과 (나 앉은 데서까지 들리도록) 무슨 이야기를 둥둥 하고 있었다.

나는 깜짝 놀라서 간수를 보았다. 간수는 아우를 주목하는 모양이었다.

나는 기지개를 하는 듯이 손을 들었다. 아우는 못 보았다. 이번은 크게 기침을 하였다. 그러나 그는 못 들은 모양이었다. 가슴이 떨리기 시작하였다.

'알궈야 할 터인데.'

몸을 움즉움즉 하여 보았지만 그는 이야기에 정신이 팔려서 그냥 그치지 않고 하다가 간수가 두어 걸음 자기에게 가까이 올 때야 처음으로 정신을 차리고 시치미를 떼었다. 그러나 간수는 용서하지 않았다.

채찍의 날카로운 소리가 한 번 나는 순간 아우는 어깨에 손을 대고 쓰러졌다.

피와 열이 한꺼번에 솟아올라 나는 눈이 아뜩해졌다.

좀 있다가 감방으로 돌어올 때에 빨리 곁눈으로 아우를 보니, 나를 보내는 그의 눈에는 눈물이 가득하여 있었다. 무엇이 어리고 순결한 그의 눈에 눈물이 고이게 하였나?

나는 바라고 또 바라던 달고 맑은 공기를 맛보기는 맛보았지만, 이를 맛보기 전보다 더 어둡고 무거운 머리를 가지고 감방으로 돌아오게 되었다.

저녁을 먹은 뒤에 더위에 쓰러져 있던 나는 아직 내가지 않은 밥그릇에서 젓가락을 꺼내어 손수건 좌우편 끝을 조금씩 감아서 부채와 같이 만들어 부쳐 보았다. 훈훈하고 냄새나는 바람이 땀 위를 살짝 스쳐서, 그래도 조금의 서늘함을 맛볼 수가 있었다. 이만 지혜가 어찌하여 아직 안 났던고. 나는 정신 잃은 사람같이 팔을 둘렀다. 이 감방 안에서는 처음의, 냄새는 나지만 약간의 바람이 벌레 기어 다니는 것같이 흐르던 가슴의 땀을 증발시키느라고 꿀 같은 냉미를 준다. 천장에 딱 붙은 전등이 켜졌다. 그러나 더위는 줄지 않았다. 손수건의 부채는 온 방 안이 흉내 내어 나의 뒷사람으로 말미암아 등도 부쳐졌다. 썩어진 공기가 움직인다.

그러나 우리들의 부채질은 재판소에서 돌아오는 사람들 때문에

중지되지 않을 수가 없었다. 우리 방에서 나갔던 서너 사람도 돌아왔다. 영원 영감도 송장 같은 얼굴로 돌아왔다.

나는 간수가 돌아간 뒤에 머리는 앞으로 향한 대로 손으로 영감을 찾았다.

"형편 어떻습디까?"

"모르갔소."

"판결은 어떻게 되었소?"

영감은 대답이 없었다. 그의 입은 바늘로 호라매지나 않았나? 그러나 한참 뒤에 그는 겨우 대답하였다. 그의 목소리는 대단히 떨렸다.

"태형(笞刑) 구십 도랍디다."

"거 잘됐구려! 이제 사흘 뒤에는, 담배도 먹구, 바람두 쏘이구…… 난 언제나……."

"여보! 잘돼시요? 무어이 잘된단 말이오? 나이 칠십 줄에 들어서 태 맞으면…… 말하기두 싫소. 난 아직 죽긴 싫어! 공소했쉐다!"

그는 벌컥 성을 내어 내게 달려들었다. 그러나 그의 말을 들은 뒤의 내 성도 그에게 지지를 않았다.

"여보! 시끄럽소. 노망했소? 당신은 당신이 죽겠다구 걱정하지만, 그래 당신만 사람이란 말이오? 이 방 사십여 인이 당신 하나 나가면 그만큼 자리가 넓어지는 건 생각지 않소? 아들 둘 다 총 맞아 죽은 다음에 뒤상 하나 살아 있으면 무얼 해? 여보!"

나는 곁에 있는 다른 사람들에게 향하였다.

"여게 태형 언도를 공소한 사람이 있답니다."

나는 이상한 소리로 껄껄 웃었다.

다른 사람들도 영감을 용서치 않았다. 노망하였다. 바보로다. 제 몸만 생각한다. 내쫓아라. 여러 가지의 폄(貶)이 일어났다.

영감은 대답이 없었다. 갈게 쉬는 한숨만 우리의 귀에 들렸다. 우리들도 한참 비웃은 뒤에는 기진하여 잠잠하였다. 무겁고 괴로운 침묵만 흘렀다.

바깥은 어느덧 어두워졌다. 대동강 빛과 같은 하늘은 온 세상을 덮었다. 그 밑에서 더위와 목마름에 미칠 듯한 우리들은 아무 말 없이 앉아 있었다. 우리들의 입은 모두 바늘로 호라매지나 않았나.

그러나 한참 뒤에 마침내 영감이 나를 찾는 소리가 겨우 침묵을 깨뜨렸다.

"여보!"

"왜 그러오?"

"그럼 어떡하란 말이오?"

"이제라도 공소를 취하해야지!"

영감은 또 먹먹하였다. 그러나 좀 뒤에 그는 다시 나를 찾았다.

"노형 말이 옳소. 아들 두 놈은 정녕코 다 죽었쉐다. 난 나 혼자 이제 살아서 무얼 하갔소? 취하하게 해 주소."

"진작 그럴 게지. 그럼 간수 부릅니다."

"그래 주소."

영감은 떨리는 소리로 말하였다.

나는 패통을 쳤다. 간수는 왔다. 내가 통역을 서서 그의 뜻(이라는 것보다 우리의 뜻)을 말하매 간수는 시끄러운 듯이 영감을 끌어내 갔다.

자리에 돌아올 때에 방 안 사람들의 얼굴을 보니, 그들의 얼굴에는 자리가 좀 넓어졌다는 기쁨이 빛나고 있었다.

모깡, 이것은 십여 일 만에 우리가 가질 수 있는 우리의 가장 큰 행복이다.

"모깡!"

간수의 호령이 들릴 때에 우리들은 줄을 지어서 뛰어나갔다.

뜨거운 해에 쪼인 시멘트 길은 석 달 동안을 쉰 우리의 발에는 무섭게 뜨거웠다. 그러나 그것은 우리의 즐거움의 하나였다. 우리는 그 길을 건너서 목욕통 있는 데로 가서 옷을 벗어 던지고, 반고형(半固型)이라 하여도 좋을 꺼룩한 목욕물에 뛰어들어 갔다.

무엇이라고 형용할 수 없는 즐거움이었다. 곧 곁에는 수도가 있다. 거기서는 어쨌든 맑은 물이 나온다. 그것은 우리들의 머리에서 한때도 떠나 보지 못한 '달콤한 냉수'였다. 잠깐 목욕통 속에서 덤빈 나는 수도로 나와서 코끼리와 같이 물을 먹었다.

바깥에는 여러 복역수들이 일을 하고 있었다. 그것도 (갑갑함에 겨운) 우리들에게는 부러움의 푯대였다. 그들은 마음대로 바람을 쏘일 수가 있었다. 목마르면 간수의 허락을 듣고 물을 먹을 수가 있었다. 뿐만 아니라, 그들에게는 갑갑함이 없었다.

즉, 어느덧 그치라는 간수의 호령이 울렸다. 우리의 이십 초 동안의 목욕은 이에 끝났다. 우리는 (매를 맞지 않으려고) 시간을 유여치 않고 빨리 옷을 입은 뒤에 간수를 따라서 감방으로 돌아왔다.

꼭 가장 더울 시각이었다. 문을 닫는 다음 순간, 우리는 벌써 더위 속에 파묻혔다. 더위는 즐거움 뒤의 복수라는 듯이 용서 없이 우리를 내리쪼인다.

"벌써 덥다!"

나는 혼잣말로 중얼거렸다.

"매를 맞구라두 좀 더 있을걸……."

누가 이렇게 말한다. 서너 사람의 웃음 비슷한 소리가 들렸다. 그러나 그 뒤에는 먹먹하였다. 몇 시간 동안의 침묵이 연속되었다.

우리는 무서운 소리에 후닥닥 놀랐다. 그것은 단말마의 부르짖음이었다.

"히도쓰(하나), 후다쓰(둘)."

간수의 세어 나가는 소리와 함께,

"아이구 죽겠다, 아이구, 아이구!"

부르짖는 소리가 우리의 더위에 마비된 귀를 찔렀다. 우리는 더위를 잊고 모두들 머리를 들었다. 우리의 몸은 한결같이 떨렸다. 그것은 태 맞는 사람의 부르짖음이었다.

서른까지 헨 뒤에 간수의 소리는 없어지고 태 맞는 사람의 앓는 소리만 처량히 우리의 귀에 들렸다.

둘째 사람이 태형 대에 올라간 모양이다.

"히도쓰."

하는 간수의 소리에 연한 것은,

"아유!"

하는 기운 없는 외마디의 부르짖음이었다.

"후다쓰."

"아유!"

"미쓰(셋)."

"아유!"

우리는 그 소리의 주인을 알았다. 그것은 어젯밤 우리가 내쫓은 그 영원 영감이었다. 쓰린 매를 맞으면서도 우렁찬 신음을 할 기운도 없이 '아유!' 외마디의 소리로 부르짖은 것은 우리가 억지로 매를 맞게 한, 그 영감이었다.

"요쓰(넷)."

"아유!"

"이쓰쓰(다섯)."

"후ㅡ"

나는 저절로 목이 늘어지는 것을 깨달았다. 나의 머리에는 어젯밤 그가 이 방에서 끌려 나갈 때의 꼴이 떠올랐다.

"칠십 줄에 든 늙은이가 태 맞구 살길 바라갔소? 난 아무캐 되든 노형들이나……."

그는 이 말을 채 맺지 못하고 초연히 간수에게 끌려 나갔다. 그리고 그를 내쫓은 장본인은 이 나였다.

나의 머리는 더욱 숙여졌다. 멀거니 뜬 눈에서는 눈물이 나오려 하였다. 나는 그것을 막으려고 눈을 힘껏 감았다. 힘 있게 닫긴 눈은 떨렸다.

《김동인 단편선, 감자》(문학과지성사, 2004)

걸핏 무엇이 갑자기 언뜻 나타나는 모양.

공분 대부분의 사람이 다 같이 느끼는 분노.

공판 기소된 형사 사건을 법원이 심리하는 일. 또는 그런 절차. 검사, 피고인, 변호인들이 입회하여 증거를 제출하면 법원이 유죄·무죄를 판단하는 형사 소송의 중심 절차이다.

구류 죄인을 1일 이상 30일 미만의 기간 동안 교도소나 경찰서 유치장에 가두어 자유를 속박하는 일.

껍진껍진하다 자꾸 끈적끈적하게 들러붙다.

나락 벗어나기 어려운 절망적인 상황.

맥 나다 힘이 빠지거나 의욕이 떨어지다.

방산하다 풀어서 헤치다.

병감 교도소에서 병든 죄수를 따로 두는 감방.

양회 토목이나 건축의 재료로 쓰는 접합제. 물에 이긴 것을 말리면 돌처럼 단단해지는 잿빛의 가루로서, 보통 진흙이 섞인 석회석을 주원료로 하여 여기에 소량의 석고를 넣어서 가루로 만든 것이다. 이것을 모래나 자갈 따위와 함께 물에 반죽하면 콘크리트가 된다.

염통 심장.

우티 '옷'의 평안도 사투리.

유월도 음력 유월에 익는 복숭아. 빛이 검붉고 털이 많으며 맛이 달다.

종처 부스럼이 난 자리.

초열지옥 죄를 지은 사람이 가는 지옥 가운데 하나. 불에 단 철판 위에 눕히고 벌겋게 단 쇠몽둥이로 치거나, 큰 석쇠 위에 얹어서 지지거나, 쇠꼬챙이로 몸을 꿰어 불에 굽는 따위의 형벌을 준다는 지옥이다.

패통 교도소에서, 재소자가 용무가 있을 때에 담당 교도관을 부를 수 있도록 벽에 마련한 장치.

폄 남을 나쁘게 말함.

혼혼히 정신이 가물가물하고 희미한 모양.

1 감옥 안의 상황이 어떠한지 구체적으로 정리해 봅시다.

2 '나'를 비롯한 사람들이 감옥에 오게 된 이유를 짐작할 수 있는 부분과 현재 '나'의 바람이 드러나는 부분을 찾아 정리해 봅시다.

3 '나'가 영감을 비난하는 이유는 무엇인지, 이에 대한 '나'의 생각은 어떤지 이야기해 봅시다.

4 '나'처럼 환경에 의해서 평상시와는 전혀 다른 결정을 하거나 행동을 한 경우가 있는지 생각해 보고, 그것에 대한 생각을 적어 봅시다.

'나'는 3·1 운동에 가담했다가 미결수들을 수감하는 감방에 석 달째 갇혀 있다. 음력 단오를 좀 지난 6월 중순 무렵이라 몹시 더운데 다섯 평이 좀 못 되는 방에 40여 명이 들어 있으니 움직일 틈도 없다. 그래서 사람들을 세 개 조로 나누어서 한 조씩 번갈아 잠을 자고 나머지는 서서 기다려야 하는 형편이다. 서서 자는 사람도 있고 변기통에 앉아서 자다가 굴러떨어지는 사람도 있다. 그들은 대부분 3·1 운동 때 만세를 부른 죄로 잡혀 온 사람들이다. 온 가족이 나서서 만세를 부르다가 두 아들이 총에 맞아 죽고 자신만 잡혀 온 영감도 있고, 총을 맞고 쓰러져 있다가 헌병에게 잡혀 온 사람도 있다.

빈대가 들끓는 방에서 그들은 모두 종기를 앓고 있었고, 악취 때문에 바깥 공기를 한없이 그리워하고 있다. 그들은 쉼 없이 땀을 흘리며 머릿속으로는 냉수 한 모금만 생각하고 있다. 나라를 팔고 고향을 팔고 친척을 팔고 뒤에 이어질 모든 행복을 팔아서라도 냉수 한 모금만 마실 수 있었으면 하는 생각을 할 정도이다.

공판 나갔던 사람들을 통해서 곧 독립이 된다는 소식도 들려오지만 형편은 달라지지 않고 '나'에게는 공판 기회도 오지 않는다. 그러다 종기 때문에 진찰실에 다녀올 기회를 얻은 '나'는 맛이 달기까지 한 바깥 공기를 오랜만에 마시고 괴병으로 진찰실에 온 동생을 만난다. 그러나 동생이 잡담을 하다가 간수에게 매를 맞는 모습을 목격하고, 나갈 때보다 더 무거운 마음으로 감방으로 돌아온다.

저녁이 되어 재판을 받으러 갔던 사람들이 돌아왔는데, 그중 두 아들을 잃은 영원 영감은 태형 90대를 선고 받았지만 매를 맞으면 죽을 것이 뻔해 공소를 했다. '나'는 영감이 방 안에 있는 다른 사람들은 생각하지 않고 자기 생각만 한다고 비난했다. 그리고 곁에 있던 다른 사람들도 노인을 비난하는 데 가세했다. 그러고 나서 한참 뒤에 노인은 공소를 취하하겠다는 뜻을 밝히고 간수에게 끌려 나갔다.

10여 일에 한 번씩 20초간 주어지는 목욕을 즐기고 감방에 돌아왔을 때 밖에서 매 맞는 소리가 들려왔다. 그중 비명도 제대로 지르지 못하는 기운 없는 소리는 '나'가 앞장서서 쫓아낸 영원 영감의 목소리였다. '나'는 머리가 숙여지고 눈물이 나오려고 해서 그걸 막으려고 힘껏 눈을 감았다.

여름의 무더위와 누워서 잠을 잘 수 없을 정도의 좁은 공간, 종기가 곪는 냄새, 간절하게 그리운 냉수. 이런 극한적인 상황은 잃어버린 나라를 되찾기 위해 일어섰던 그들의 의식을 마비시켜 버렸다. 그래서 냉수 한 모금에 다가올 모든 행복을 포기하겠다는 생각까지 하게 된다. 인간으로서 정상적인 사고가 어려운 상황에 처한 그들은 약간의 공간을 더 확보하기 위해 영감을 죽음으로 몰아낸다.

40여 명이 있던 공간에서 한 명이 빠져서 확보되는 공간이 얼마나 될까마는 그들은 그렇게 이기적인 사람들이 된 것이다. 인간이 환경의 지배를 받을 수밖에 없다는 어두운 이야기를 하고 있지만, 마지막 부분에서 노인의 매 맞는 소리를 들으면서 눈물을 흘리는 것이 그나마 인간다움을 바라는 마음에 조금의 위안이 될 수 있을 것 같다.

치숙

채만식

우리 아저씨 말이지요? 이따저 거시키, 한참 당년에 무엇이냐 그놈의 것 머? 사회주의라더냐 막걸리라더냐, 그걸 하다 징역 살고 나와서 폐병으로 시방 앓아누웠는 우리 오촌 고모부 그 양반…….

머, 말두 마시오. 대체 사람이 어쩌면 글쎄……. 내 원!

신세 간데없지요.

자, 십 년 적공 대학교까지 공부한 것 풀어먹지도 못했지요, 좋은 청춘 어영부영 다 보냈지요, 신분에는 전과자라는 붉은 도장 찍혔지요, 몸에는 몹쓸 병까지 들었지요.

이 신세를 해 가지굴랑은 굴 속 같은 오두막집 단칸 셋방 구석에서 사시장철 밤이나 낮이나 눈 따악 감고 드러누웠군요.

재산이 어데 집 터전인들 있을 택이 있나요. 서발막대 내저어야 짚검불 하나 걸리는 것 없는 철빈(鐵貧)인데.

우리 아주머니가 그래도 그 아주머니가 어질고 얌전해서 알량한 남편 양반 받드느라 삯바느질이야, 남의 집 품빨래야, 화장품 장사야, 그 칙살스런 벌이를 해다가 겨우겨우 목구멍에 풀칠을 하지요.

어데루 대나 그 양반은 죽는 게 두루 좋은 일인데 죽지도 안해요.

우리 아주머니가 불쌍해요. 진즉 한 나이라도 젊어서 팔자를 고치는 게 아니라 무슨 놈의 수난 후분을 바라고 있다가 끝끝내 그 고생을 하는지.

근 이십 년 소박을 당했군요. 이십 년 설운 청춘 한숨으로 보내고서 다 늦게야 송장 여대치게 생긴 양반을 그래도 남편이라고 모셔다 가는 병 수발 들랴 먹고살랴 애가 진하고 다니는 걸 보면 참말 가엾어요.

그게 무슨 죄다짐이람? 팔자 팔자 하지만 왜 팔자를 고치지를 못하고서 그래요. 우리 조선 구식 부인네들은 다 문명을 못하고 깨지를 못해서 그러지. 그 양반이 한시바삐 죽기나 했으면 우리 아주머니는 차라리 신세 편하리다. 심덕 좋겠다, 솜씨 얌전하겠다 하니 어데 가선들 재가 일신 몸 가누고 편안히 못 지내요? 가만있자, 열여섯 살에 아저씨네 집으로 시집을 갔다니깐, 그게 내가 세 살 적이니 꼬박 열여덟 해로군. 열여덟 해면 이십 년 아니요. 그때 우리 아저씨 양반은 나이 어리기도 했지만, 공부를 하느라 서울로 동경으로 십여 년이나 돌아다녔고, 조끔 자라서 색시 재미를 알 만하니까는 누가 예쁘달까 봐 이혼하자고 아주머니를 친정으로 쫓고는 통히 불고를 하고…….

공부를 다 마치고 오더니만 그담에는 그놈의 짓에 디립다 발광해 다니면서 명색 학생 출신이라는 딴 여편네를 얻어 살았지요. 그 여편네는 나도 몇 번 보았지만 상판대기라고 별반 출 수도 없이 생겼습디다. 그 인물로 남의 첩이야? 일색 소박은 있어도 박색 소박은 없다더니, 사실 소박맞은 우리 아주머니가 그 여편네게다 대면 월등 예뻤다우.

그래 아무튼 그 양반은 필경 때여가서 오 년이나 전중이를 살았지요. 그동안에 아주머니는 시집이고 친정이고 모두 폭 망해서 의지가지없이 됐지요. 그러니 어떻게 해요? 자칫하면 굶어 죽을 판인데.

할 수 없이 얻어먹고 살기도 해야 하려니와 또 아저씨 나오는 것도 기다려야 한다고 나를 발련 삼아 서울로 올라왔더군요. 그게 그러니까 아저씨가 나오던 그 전 해로군.

그때 내가 나이는 어려도 두루 날뛴 보람이 있어서 이내 '구라다상'네 식모로 들어갔지요.

그 무렵에 참 내가 아주머니더러 여러 번 권면을 했지요. 그러지 말고 개가(改嫁)를 가라고. 글쎄 어린 소견에도 보기에 퍽 딱하고 민망합디다.

계제에 마침 또 좋은 자리가 있었고요. 미네상이라고 미쓰꼬시 앞에서 바나나 다다끼우리(投賣) 하는 인데 사람이 퍽 좋아요.

우리 집 다이쇼(主人)도 잘 알고 허는데, 그이가 늘 날더러 죄선 오깜상하구 살았으면 좋겠다고 중매 서 달라고 그래쌌어요.

돈을 모아 둔 게 없어도 다 벌어먹고 살 만하니까 그런 사람 만나서 살면 아주머니도 신세 편할 게 아니냐구요?

그런 걸 글쎄 몇 번 말해야 숭헌 소리 말라고 듣질 않는 걸 어떡허나요.

아무튼 그런 것 말고라도 참 흰말이 아니라 이날 이때까지 내가 그 아주머니 뒤도 많이 보아주었다우. 또 나도 그럴 만한 은공이 없잖아 있구요.

내가 일곱 살에 부모를 잃었지요. 그러고 나서 의탁할 곳이 없이 됐는데 그때 마침 소박을 맞고 친정살이를 하는 그 아주머니가 나를 데려다가 길러 주었지요. 그때만 해도 그 집이 그다지 군색하게 지내든 안했으니깐요. 아주머니도 아주머니지만 증조할머니며 할아버지도 슬하에 딴 자손이 없어서 나를 퍽 귀애하셨지요. 열두 살까지 그 집에서 자랐군요. 사 년이나마 보통 학교도 다녔고. 아마 모르면 몰라도 그 집안에 그렇게 치패(致敗)하지만 안했으면 나도 그냥 붙어 있어서 시방쯤은 전문학교까지는 다녔으리다.

이런 은공이 있으니까 나도 그걸 저버리지 않고 그래서 내 깜냥에는 갚을 만치 갚노라고 갚은 셈이지요.

허기야 요새도 간혹 아주머니가 찾아와서 양식 없다는 사정을 더러 하곤 하는데, 실토루 말이지 좀 성가시기는 해요. 그러는 족족 그 수응을 하자면 내 일을 못하겠는걸. 그래 대개 잘라떼기는 하지요. 그러나 그 밖에 가령 양 명절 때면 고깃근이라도 사 낸다든지, 또 오면가면 들러서 이애기날이라도 한다든지 그런 건 결단코 범연히 하든 않으니까요.

아무튼 그래서 아주머니는 꼬박 일 년 동안 구라다상네 집 식모로 있으면서 월급 오 원씩 받는 걸 그대루 고스란히 저금을 하고, 또 틈틈이 삯바느질을 맡아다가 조끔씩 벌어 보태고, 또 나올 무렵에 구라다상네 양주가 퍽 기특하다고 돈 칠 원을 상급으로 주고, 그런 게 이럭저럭 돈 백 원이나 존존히 됐지요.

그놈으로 방 한 칸 얻고 살림 나부랭이도 조끔 장만하고, 그래 놓고서 마침 그 알랑꼴랑한 서방님이 뇌여 나오니까 그리루 모셔 들였지요.

뇌여 나는 날 나도 가서 보았지만 감옥 문 앞에 막 나서자 아주머니가 기다리고 있으니까 그래도 눈물이 핑—돌던데요.

전에 그렇게도 죽을 둥 살 둥 모르고 좋아하던 첩년은 꼴도 안 뵈구요. 남의 첩년들이란 건 다 그런 게지요 뭐.

우리 아저씨 양반은 혹시 그 여편네가 오지 않았나 하고 사방을 휘휘 둘러보던데요. 속이 그렇게 없다니까. 여편네는커녕 아주머니하구 나하구 그 외는 얼친 개새끼 한 마리 없어요.

마악 자동차에 올라타려다가 피를 토했지요. 나중에 들었지만 감옥 안에서 달포 전부터 토혈을 했다나 봐요. 그래 다 죽어 가는 반송장을 업어 오다시피 해다가 뉘어 놓고, 그날부터 아주머니가 불철주야로 할 짓 못할 짓 다 해 가면서 부리나케 날뛴 덕에 병도 차차로 차도가 있고 그러더니 인제는 완구히 살아는 났지요. 뭐 참 시방은 용꼴인걸요, 용 꼴.

부인네 정성이 무서운 겝디다. 꼬박 삼 년이군. 나 같으면 돌아가신 부모가 살아오신대도 그 짓 못해요.

자, 그러니 말이지요. 우리 아저씨라는 양반이 작히나 양심이 있고 다 그럴 양이면, 어—허 내가 어서 바삐 몸이 충실해지거들랑 돈을 벌어다가 저 아내를 편안히 거느리고 이 은공과 전날의 죄를 갚아야 하겠구나, 이런 맘을 먹어야 할 게 아니나요?

아주머니의 은공을 갚자면 발에 흙이 묻을세라 업고 다녀야 할 것이지요.

그러지 않더라도 자기도 이제는 속 차려야지요. 속을 차려서 무얼 하재도 전과자니까 관리나 또 회사 같은 데는 들어가지 못하겠지만 그야 자기가 저지른 일인걸 누구를 원망할 일도 아니고, 그러니 막 벗어붙이고 노동이라도 해야지요. 대학교 출신이 막벌이 노동이라께 꼴 가관이지만 그래도 할 수 없지 머.

그런 걸 보고 가만히 나를 생각하면, 만약 우리 증조할아버지네 집이 그렇게 치패를 안 해서 나도 전문학교나 대학교를 졸업을 했으면 혹시 우리 아저씨 모양이 됐을지도 모를 테니 차라리 공부 많이 않고서 이 길로 들어선 게 다행이다……, 이런 생각이 들어요.

사실 우리 아저씨 양반은 대학교까지 졸업하고도 인제는 기껏 해 먹을 게란 막벌이 노동밖에 없으니, 보통학교 사 년 겨우 다니고서도 시방 앞길이 환히 트인 내게다 대면 고쓰까이만도 못하지요.

아 그런데 글쎄 막벌이 노동을 하고 어쩌고 하기는커녕 조끔 바시시 살아날 만하니까 이 주책꾸러기 양반이 무슨 맘보를 먹는고 하니, 내 참 기가 막혀!

아－니 그놈의 것하구는 무슨 대천지원수가 졌단 말인지. 어쨌다고 그걸 끝끝내 하지 못해서 그 발광인고?

그러나마 그게 밥이 생기는 노릇이란 말이요? 명예를 얻는 노릇이란 말이요. 필경은 잡혀가서 징역 사는 노릇?

아마 그놈의 것이 아편하구 꼭 같은가 봐요. 그렇길래 한번 맛을 들이면 끊지를 못하지요.

그렇지만 실상 알고 보면요 그게 그다지 재미가 난다거나 맛이 있다거나 그런 것도 아니더군 그래요. 불한당패던데요. 하릴없이 불한당패들입디다.

저 – 서양 어데선가 일하기 싫어하는 게으름뱅이 몇 놈이 양지짝에 모여 앉아서 놀고먹을 궁리를 했더라나요. 우리 집 다이쇼가 다 자상하게 이야기를 해 줍디다그려.

게, 그 녀석들이 서로 군호를 하기를, 자 이 세상에는 부자가 있고 가난한 사람이 있고 하니 그건 도무지 공평한 일이 아니다. 사람이란 건 이목구비하며 사지 육신을 다 같이 타고났는데 누구는 부자로 잘살고 누구는 가난하다니 그게 될 말이냐. 그러니 부자가 가진 것을 우리 가난한 사람들하구 다 같이 고르게 나누어 먹어야 경우가 옳다.

야 – 그거 옳은 말이다. 야 – 그 말 좋다. 자 – 나누어 먹자.

아 이렇게 설도를 해 가지고 우 – 하니 들고일어났다는군요.

아 – 니 그러니 그게 생날불한당놈의 수작이 아니고 무어요?

사람이란 것은 제가끔 분지복이 있어서 기수(氣數)를 잘 타고나고 부지런하면 부자가 되는 법이요, 복록을 못 타고나고 게으른 놈은 가난하게 사는 법이요, 다 이렇게 마련인데 그거야말루 공평한 천리인 것을 됩다 불공평하다께 될 말이요? 그러고서 억지로 남의 것을 뺏어 먹고저 들다니 그놈들이 불한당이지 무어요.

짓이 불한당 짓일 뿐 아니라 또 만약에 그러기로 들면 게으른 놈은 점점 더 게으름만 부리고 쫓아다니면서 부자 사람네가 가진 것만 뺏어 먹을 테니 이 세상은 통으로 거지 판이 될 게 아니요? 그나마 부자 사람네가 모아 둔 걸 다 뺏기고 더는 못 멕여 내는 날이면 그때는 이 세상 망하는 날이 아니요?

제마다 남이 농사지어 놓으면 그걸 뺏어 먹으려고 일 않고 번둥번둥 놀 것이고, 남이 옷감 짜 놓으면 그걸 뺏어다가 입으려고 번둥번둥 놀 것이고 그럴 테니 대체 곡식이며 옷감이며 다 어데서 나올 데가 있어야지요. 세상 망할밖에!

글쎄 그놈의 짓이 그렇게 세상 망쳐 놀 화단인 줄은 모르고서 가난한 놈들, 그중에도 일하기 싫은 게으름뱅이들이 우선 당장 부자 사람네 것을 뺏어 먹는다니까 거기 혹해 가지골랑 너두나두 와－하니 참섭을 했다는구료.

바루 저 아라사가 그랬대요. 그래서 아니나 다를까 농군들이 곡식을 안 만들기 때문에 사람이 수만 명씩 굶어 죽는다는구려. 빠안한 이치지 뭐.

우선 먹기는 곶감이 달다고 그 지랄들을 했다가 잘코사니야!

아 그런데 그 못된 놈의 풍습이 삽시간에 동서양 각국 안 간 데 없이 퍼져 가지굴랑 한동안 내지에도 마구 굉장히 드세게 돌아다녔고 내지가 그라니까 멋도 모르는 조선 영감상들도 덩달아서 그 숭내를 냈다나요.

그렇지만 시방은 그새 나라에서 엄하게 밝히고 금하고 한 덕에 많이 너끔해졌고, 그런 마음 먹는 사람은 별반 없다나 봐요.

그럴 게지 글쎄. 아 해서 좋을 양이면야 나라에선들 왜 금하며 무슨 원수가 졌다고 잡아다가 징역을 살리나요?

좋고 유익한 것이면 나라에서 도리어 장려하고 잘할라치면 상급도 주고 그리잖아요.

활동사진이며 스모며 만자이며 또 왓쇼왓쇼랄지 세이레이 낭아시랄지 라디오 체조랄지 이런 건 다 유익한 일이니까 나라에서 설도도 하고 그리잖아요.

나라라는 게 무언데? 그런 것 다 잘 분간해서 이럴 건 이러고 저럴 건 저러라고 지시하고 그 덕에 백성들은 제가끔 제 분수대루 편안히 살도록 애써 주는 게 나라 아니요?

그놈의 것 사회주의만 하더라도 나라에서 금하들 않고 저희가 하는 대루 두어 두었어 보아? 시방쯤 세상이 무엇이 됐을지…….

다른 사람들도 낭패 본 사람이 많았겠지만 우선 나만 하더래도 글쎄 어쩔 뻔했어! 아무 일도 다 틀리고 뒤죽박죽이지.

내 이상과 계획은 이렇거든요.

우리 집 다이쇼가 나를 자별히 귀여워하고 신용을 하니깐 인제 한 십 년만 더 있으면 한밑천 들여서 따루 장사를 시켜 줄 그런 눈치거든요.

그놈을 언덕 삼아 가지고 나는 삼십 년 동안, 예순 살 환갑까지만 장사를 해서 꼭 십만 원을 모을 작정이지요. 십만 원이면 조선 부자로 쳐도 천석꾼이니 머 떵떵거리고 살 게 아니요?

그리고 우리 다이쇼도 한 말이 있고 하니까 나는 내지인 규수한테로 장가를 들래요. 다이쇼가 다 알아서 얌전한 자리를 골라 중매까지 서 준다고 그랬어요. 내지 여자가 참 좋지요.

나는 조선 여자는 거저 주어도 싫어요. 구식 여자는 얌전은 해도 무식해서 내지인하구 교제하는 데 안 되고, 신식 여자는 식자가 들었다는 게 건방져서 못쓰고, 도무지 그래서 조선 여자는 신식이고 구식이고 다 제바리여요.

내지 여자가 참 좋지 머. 인물이 개개 일짜로 예쁘겠다, 얌전하겠다, 상냥하겠다, 지식이 있어도 건방지지 않겠다, 조음이나 좋아!

그리고 내지 여자한테 장가만 들 뿐 아니라 성명도 내지인 성명으로 갈고, 집도 내지인 집에서 살고, 옷도 내지 옷을 입고, 밥도 내지 식으로 먹고, 아이들도 내지인 이름을 지어서 내지인 학교에 보내고……. 내지인 학교래야지 조선 학교는 너절해서 아이들 버려 놓기 꼭 맞아요.

그리고 말도 조선말은 싹 걷어치우고 내지어만 쓰고요.

이렇게 다 생활 법식부텀도 내지인처럼 해야만 돈도 내지인처럼 잘 모으게 되거든요.

내 희망이며 계획은 이래서 아 십만 원짜리 큰 부자가 바루 내다뵈고 그리루 난 길이 환하게 트이고 해서 나는 시방 열심으로 길을 가고 있는데, 글쎄 그 미쳐 살 마 같은 놈들이 세상 망쳐 버릴 사회주의를 하려 드니 내가 소름이 끼칠 게 아니라구요? 말만 들어도 끔찍하지!

세상이 망해서 뒤집히면 그래 나는 어쩌란 말이야? 아무것도 다 허사가 될 테니 그런 억울한 데가 있더람?

머 참 우리 집 다이쇼 말이 일일이 지당해요. 여느 절도나 강도나 사기나 그런 죄는 도적이면 도적을 해 가는 그 당장, 그 돈만 축을 내니까 오히려 죄가 가볍지만, 그놈의 것 사회주의인지 지랄인지는 온 세상을 뒤죽박죽을 만들어 놓고 나라를 통째로 소란하게 하니까 도저히 용서할 수가 없대요.

용서라니! 나 같으면 그런 놈들은 모주리 쓸어다가 마구 그저 그냥…….

그런 일을 생각하면, 털어놓고 말이지 우리 아저씬지 그 양반도 여간 불측스러 뵈들 안해요. 사실 아주머니만 아니면 내가 무슨 천주학이라고, 나쁜 병까지 앓는 그 양반을 찾아다니나요. 죽는대도 코도 안 풀어 붙일걸.

그러나마 전자의 죄상을 다 회개를 하고 못된 마음은 씻어 버렸을 제 말이지, 머 개 꼬리 삼 년이라더냐, 종시 그 모양인걸요. 그러니깐 그가 밉깡머리스러워서, 더러 들렀다가 혹시 마주앉아도 위정 뼈끝저린 소리나 내쏘아 주고 말을 따잡아 가지굴랑 꼼짝 못하게시리 몰아세 주군 하지요.

요전번에도 한번 혼을 단단히 내 주었지요. 아 그랬더니 아주머니더러 한다는 소리가, 그 녀석 사람 버렸더라고, 아무짝에도 못 쓰게 길이 들었더라고 그러더라나요!

내 원, 그 소리를 듣고 하두 어처구니가 없어서!

대체 사람도 유만부동이지 그 아저씨가 날더러 사람 버렸느니 아무짝에도 못 쓰게 길이 들었느니 하더라니, 원 입이 몇 개나 되면 그런 소리가 나오는 구멍도 있누?

조선 벙어리가 다 말을 해도 나 같으면 할 말 없겠더구만서두. 하면 다 말인 줄 아나 봐?

이를테면 그게 명색 훈계 비슷한 거렷다? 내게다가 맞대 놓고 그런 소리를 하다가는 되잽혀서 혼이 날 테니까 슬며시 아주머니더러 일르란 요량이던 게지?

기가 맥혀서……. 하느님이 사람의 콧구멍 두 개로 마련하기 참 다행이야.

글쎄 아무려면 내가 자기처럼 다 공부는 못하고 남의 집 고조 노릇으로, 반또(番頭) 노릇으로 이렇게 굴러먹을 값에, 이래 보여도 표창을 두 번이나 받은 모범 점원이요, 남들이 똑똑하고 재주 있고 얌전하다고 칭찬이 놀랍고 앞길이 환히 트인 유망한 청년인데, 그래 자기 눈에는 내가 버린 놈이고 아무짝에도 못 쓰게 길이 든 놈으로 보였단 말이지?

하하, 오옳지! 거 참 그렇겠군. 자기는 자기 하는 짓이 옳으니까 남이 하는 짓은 다 글렀단 말이렷다?

그러니까 나도 자기처럼 그놈의 것 사회주읜지 급살 맞을 것인지나 하다가 징역이나 살고 전과자나 되고 폐병이나 앓고 다 그랬더라면 사람 버리지도 않고 아무짝에도 못 쓰게 길든 놈도 아니고 그럴 뻔했군 그래!

흥! 참…….

제 밑 구린 줄 모르고서 남더러 어쩌구저쩌구 한다는 게 꼭 우리 아저씨 그 양반을 두고 이른 말인가 봐.

그날도 실상 이랬다우. 혼을 내 주었더니 아주머니더러 그런 소리를 하더란 그날 말이요.

그날이 마침 내가 쉬는 날이길래 아주머니더러 할 이얘기도 있고 해서 아침결에 좀 들렀더니, 아주머니는 남의 혼인집으로 바느질을 해 주러 갔다고 없고 아저씨 양반만 여전히 아랫목에 가 드러누웠어요.

그런데 보니까 어데서 모두 뒤져냈는지 머리맡에다가 헌 언문 잡지를 수북이 쌓아 놓고는 그걸 뒤져요.

그래 나도 심심 삼아 한 권 집어 들고 떠들어 보았더니 머 읽을 맛이 나야지요.

대체 조선 사람들은 잡지 하나를 해도 어찌 모두 그 꼬락서니로 해 놓는지.

사진도 없지요, 망가(漫畵)도 없지요, 그러구는 맨판 까달스런 한문 글자루다가 처박아 놓으니 그걸 누구더러 보란 말인고?

더구나 우리 같은 놈은 언문도 그런대루 뜯어보기는 보아도 읽기에 여간만 폐롭지가 안해요.

그러니 어려운 언문하고 까다로운 한문하고를 섞어서 쓴 글은 뜻을 몰라 못 보지요. 언문으로만 쓴 것은 소설 나부랭인데 읽기가 힘이 들 뿐 아니라 또 조선 사람이 쓴 소설이란 건 아무 재미도 없지요. 그래서 나는 조선 신문이나 조선 잡지하구는 담쌓고 남 된 지 오랜걸요.

잡지야 머 《킹구》나 《쇼넹구라부》 덮어 먹을 잡지가 없지요. 참 좋아요.

한문 글자마다 가나를 달아 놓았으니 어떤 대문을 척 펴 들어도 술술 내리읽고 뜻을 횅하니 알 수가 있지요. 그리고 어떤 대문을 읽어도 유익한 교훈이나 재미나는 소설이지요.

소설 참 재미있어요. 그중에도 '기쿠지캉(菊池寬)' 소설……. 어쩌면 그렇게도 아기자기하고도 달콤하고도 재미가 있는지. 그리고 '요시까와 에이찌(吉川英治)', 그의 소설은 진찐바라바라하는 지다이모노(역사물)인데 마구 어깻바람이 나지요.

소설이 모두 재미가 있지요, 망가가 많지요, 사진이 많지요, 그러구도 값은 조음 헐하나요. 십오 전이면 바로 고 전 달 치를 사 볼 수 있고, 보고 나서는 오 전에 도루 파는데요.

잡지도 기왕 할려거든 그렇게 해야지. 조선 사람들은 제엔장 큰소리는 곧잘 하더구만서두 잡지 하나 반반한 거 못 맨들어 내니!

그날도 글쎄 잡지가 그 꼴이라 애여 글은 볼 멋도 없고 해서 혹시 망가나 사진이라도 있을까 하고 책장을 후루루 넹기노라니깐 마침 아저씨 이름이 있겠다요! 하두 신통해서 쓰윽 펴 들고 보았더니 제목이 첫 줄은 경제…… 무엇 어쩌구 쇠눈깔만씩 한 글자로 박아 놓고 그 옆에다가는 사회…… 무엇 어쩌구 잔주를 달았더군요.

그것만 보아도 벌써 그럴듯해요. 경제는 아저씨가 대학교에서 경제를 배웠다니까 경제 속은 잘 알 것이고, 또 사회는 그것 역시 사회주의를 했으니까 그 속도 잘 알 것이고, 그러니까 경제하고 사회주의하고 어떻게 서루 관계가 되는 것이며 어느 편이 옳다는 것이며 그런 소리를 썼을 게 분명해요.

머 보나 안 보나 속이야 빠안하지요. 대학교까지 가설랑 경제를 배우고도 돈은 모을 생각 않고서 사회주의만 하고 다닌 양반이라 경제가 그르고 사회주의가 옳다고 우겨 댔을 게니깐요.

아무렇든 아저씨가 쓴 글이라는 게 신기해서 좀 보아 볼 양으로 쓰윽 훑어봤지요. 그러나 웬걸, 읽어 먹을 재주가 있나요.

글자는 아주 어려운 자만 아니면 대강 알기는 알겠는데, 붙여 보아야 대체 무슨 뜻인지를 알 수가 있어야지요!

속이 상하길래 읽어 보자던 건 작파하고서 아저씨를 좀 따잡고 몰아셀 양으로 그 대목을 차악 펴 놓았지요.

"아저씨?"

"왜 그러니?"

"아저씨가 여기다가 경제 무어라구 쓰구 또 사회 무어라구 썼는데, 그러면 그게 경제를 하란 뜻이요, 사회주의를 하란 뜻이요?"

"뭐?"

못 알아듣고 뚜렛뚜렛해요. 자기가 쓰고도 오래돼서 다 잊어버렸거나, 혹시 내가 말을 너무 까다롭게 내기 때문에 섬뻑 대답이 안 나왔거나 그랬겠지요. 그래 다시 조곤조곤 따졌지요.

"아저씨…… 경제란 것은 돈 모아서 부자 되라는 거 아니요? 그런데 사회주의란 것은 모아 둔 부자 사람의 돈을 뺏어 쓰는 거 아니요?"

"이 애가 시방!"

"아-니, 들어 보세요."

"너 그런 경제학, 그런 사회주의 어데서 배웠니?"

"배우나 마나 경제라는 건 돈 많이 벌어서 애껴 쓰구 나머지 모아 두는 게 경제 아니요?"

"그건 보통 경제한다는 뜻으로 쓰는 경제고, 경제학이니 경제적이니 하는 건 또 다르다."

"다를 게 무어요? 경제는 돈 모으는 것이고 그러니까 경제학이면 돈 모으는 학문이지요."

"아니다. 혹시 이재학(理財學)이라면 돈 모으는 학문이라고 해도 근리(近理)할지 모르지만 경제학은 그런 게 아니다."

"아-니 그렇다면 아저씨 대학교 잘못 다녔소. 경제 못하는 경제학 공부를 오 년이나 육 년이나 했으니 그거 무어란 말이요? 아저씨가 대학교까지 다니면서 경제 공부를 하구두 왜 돈을 못 모으나 했더니 인제 보니깐 공부를 잘못해서 그랬군요!"

"공부를 잘못했다? 허허. 그랬을는지도 모르겠다. 옳다, 네 말이 옳아!"

이거 봐요 글쎄. 단박 꼼짝 못하잖아. 암만 대학교를 다니고, 속에는 육조를 배포했어도 그렇다니깐 뭐…….

"아저씨?"

"왜 그래?"

"그러면 아저씨는 대학교를 다니면서 돈 모아 부자 되는 경제 공부를 한 게 아니라 모아 둔 부자 사람네 돈 뺏어 쓰는 사회주의 공부를 했으니 말이지요……."

"너는 사회주의가 무얼루 알구서 그러니?"

"내가 그까짓 걸 몰라요?"

한바탕 주욱 설명을 했지요. 내 얼굴만 물끄러미 올려다보고 누웠더니 피쓱 한 번 웃어요. 그러고는 그 양반이 하는 소리겠다요.

"그게 사회주의냐? 불한당이지."

"아-니, 그럼 아저씨두 사회주의가 불한당인 줄은 아시는구려?"

"내가 왜 사회주의가 불한당이랬니?"

"방금 그리잖었어요?"

"글쎄, 그건 사회주의가 아니라 불한당이란 그 말이다."

"거 보시우! 사회주의란 것은 그렇게 날불한당이어요. 아저씨두 그렇다구 하면서 아니래시요?"

"이 애가 시방 입심 겨름을 하재나!"

이거 봐요. 또 꼼짝 못하지요? 다 이렇대두 글쎄…….

"아저씨?"

"왜 그래?"

"아저씨두 맘 달리 잡수시요."

"건 어떻게 하는 말이야?"

"걱정 안 되시우?"

"날 같은 사람이 걱정이 무슨 걱정이냐? 나는 네가 걱정이더라."

"나는 머 버젓하게 요량이 있는걸요."

"어떻게?"

"이만저만한가요!"

또 한바탕 주욱 설명을 했지요. 이얘기를 다 듣더니 그 양반 한다는 소리 좀 보아요.

"너두 딱한 사람이다!"

"왜요?"

"……."

"아-니, 어째서 딱하다구 그러시우?"

"……."

"네? 아저씨?"

"……."

"아저씨?"

"왜 그래?"

"내가 딱하다구 그러셨지요?"

"아니다. 나 혼자 한 말이다."

"그래두……."

"이애!"

"네?"

"사람이란 것은 누구를 물론허구 말이다, 아첨하는 것같이 더러운 게 없느니라."

"아첨이요?"

"저-위로는 제왕, 밑으로는 걸인, 그 모든 사람이 제가끔 제 분수대루 살아가는 데 있어서 말이다, 제 개성을 속여 가면서 생활에다가 아첨하는 것같이 더러운 것이 없고, 그런 사람같이 가련한 사람은 없느니라. 사람이란 것은 밥 두 그릇이 하필 밥 한 그릇보다 더 배가 부른 건 아니니까."

"그건 무슨 뜻인데요?"

"네가 내지인 여자와 결혼을 해서 성명까지 갈고 모든 생활 법도를 내지화하겠다는 것이 말이다."

"네, 그게 좋잖아요?"

"그것이 말이다, 진실로 깊은 교양이나 어진 지혜의 판단에서 우러나온 것이라면 그도 함 직한 노릇이겠지. 그렇지만 내가 보기에 네가 그런다는 것은 다른 뜻으로 그러는 것 같다."

"다른 뜻이라니요?"

"네 주인의 비위를 맞추고 이웃의 비위를 맞추고 하자고……."

"그야 물론이지요! 다이쇼 신용을 받아야 하고, 이웃 내지인들하구두 좋게 지내야지요. 그래야 할 게 아니겠어요?"

"……."

"아저씨는 아직두 세상 물정을 모르시요. 나이는 나보담 많구 대학교 공부까지 했어도 일찌감치 고생살이한 나만큼 세상 물정은 모릅니다. 시방이 어느 세상인데 그러시우?"

"이애!"

"네?"

"네가 방금 세상 물정이랬지?"

"네."

"앞길이 환하니 틔었다구 그랬지?"

"네."

"환갑까지 십만 원 모은다구 그랬지?"

"네."

"네가 말하는 세상 물정하구 내가 말하려는 세상 물정하구 내용이 다르기도 하지만 세상 물정이란 건 그야말로 그리 문문한 게 아니다."

"네?"

"사람이란 건 제아무리 날구뛰어도 이 세상에 형적 없이 그러나 세차게 주욱 흘러가는 힘－그게 말하자면 세상 물정이겠는데－결국 그것의 지배하에서 그것을 따라가지 별수가 없는 거다."

"네?"

"쉽게 말하면 계획이나 기회를 아무리 억지루 만들어 놓아도 결과가 뜻대루는 안 된단 말이다."

"체! 아저씨두……. 요전 '킹구'라는 잡지에두 보니까 나폴레옹이라는 서양 영웅이 그랬답디다, 기회는 제가 만든다구. 그리고 불가능이란 말은 바보의 사전에서나 찾을 글자라구요. 아 자꾸자꾸 계획하구 기회를 만들구 해서 분투노력해 나가면 이 세상 일 안 되는 일이 어데 있나요? 한 번 실패하거든 곱절 용기를 내 가지구 다시 일어서지요. 칠전팔기 모르시요?"

"나폴레옹도 세상 물정에 순응할 때는 성공했어도 그놈에 거슬리다가 실패를 했더란다. 너는 칠전팔기해서 성공한 몇 사람만 보았지, 여덟 번 일어섰다가 아홉 번째 가서 영영 쓰러지구는 다시 일지 못한 숱한 사람이 있는 건 모르는구나?"

"그래두 인제 두구 보시우. 나는 천하없어두 성공하구 말 테니……. 아저씨는 그래서 더구나 못써요! 일해 보기두 전에 안 될 줄로 낙심 먼저 하구……."

"하늘은 꼭 올라가 보구래야만 높은 줄 아니?"

원 마지막에 가서는 할 소리가 없으니깐 동에도 닿지 않는 비유를 가져다 둘러대는 것 보아요. 그게 어디 당한 말인고? 안 올라가 보면 머 하늘 높은 줄 모를 천하 멍텅구리도 있을까?

그만해 두려다가 심심하길래 또 말을 시켰지요.

"아저씨?"

"왜 그래?"

"아저씨는 인제 몸 다 충실해지면 어떡허실려우?"

"무얼?"

"장차……."

"장차?"

"장차 어떡허실 작정이세요?"

"작정이 새삼스럽게 무슨 작정이냐?"

"그럼 아저씨는 아무 작정 없이 살아가시우?"

"없기는?"

"있어요?"

"있잖구."

"무엇인데요?"

"그새 지내 오던 대루……."

"그러면 저 거시키 무엇이냐 도루 또 그걸……?"

"그렇겠지."

"……."

"……."

"아저씨?"

"왜 그래?"

"인젠 그만두시우."

"그만두라구?"

"네."

"누가 심심소일루 그런 줄 아니?"

"그러잖구요?"

"……."

"아저씨?"

"……."

"아저씨?"

"왜 그래?"

"아저씨 올에 몇이지요?"

"서른셋."

"그러니 인제는 그만큼 해 두고 맘 잡아서 집안일 할 나이두 아니요?"

"집안일은 해서 무얼 하나?"

"그러기루 들면 그 짓은 해서 또 무얼 하나요?"

"무얼 하려구 하는 게 아니란다."

"그럼, 아무 희망이나 목적이 없으면서 그래요?"

"목적? 희망?"

"네, 네."

"개인의 목적이나 희망은 문제가 다르니까……, 문제가 안 되니까……."

"원, 그런 법도 있나요?"

"법?"

"그럼요!"

"법이라……."

"아저씨?"

"……."

"아저씨?"

"왜 그래?"

"아주머니가 고맙잖습디까?"

"고맙지."

"불쌍하지요?"

"불쌍? 그렇지. 불쌍하다면 불쌍한 사람이지!"

"그런 줄은 아시느만?"

"알지."

"알면서 그러시우?"

"고생을 낙으로, 그놈 쓰라린 맛을 씹고 씹고 하면서 그놈에서 단

맛을 알아내는 사람도 있느니라. 사람도 있는 게 아니라 사람마다 무슨 일에고 진정과 정신을 꼬박 거기다가만 쓰면 그렇게 되는 법이니라. 그러니까 그쯤 되면 그때는 고생이 낙이지. 네 아주머니만 두고 보더래도 고생이 고생이면서 고생이 아니고 고생하는 게 낙이란다."

"그렇다고 아저씨는 그걸 다행히만 여기시우?"

"아-니."

"그러거들랑 아저씨두 아주머니한테 그 은공 더러는 갚아야 옳을 게 아니요?"

"글쎄, 은공을 모르는 건 아니지만……."

"그러니 인제 병이나 확실히 다 나신 뒤엘라컨……."

"바빠서 원……."

글쎄 이 한다는 소리 좀 보지요? 시치미 뚜욱 떼고 누워서 바쁘다는군요!

사람 속 차릴 여망 없어요. 그저 어데로 대나 손톱만치도 쓸모는 없고 남한테 사폐만 끼치고 세상에 해독만 끼칠 사람이니, 머 하루 바삐 죽어야 해요. 죽어야 하고 또 죽어서 마땅해요. 그런데 글쎄 죽지를 않고 꼼지락꼼지락 도루 살아나니 성화라구는, 내…….

《동아일보》 1938년 3월 7일~14일.

검불 가느다란 나뭇가지, 마른 풀, 낙엽 따위를 통틀어 이르는 말.

계제 어떤 일을 할 수 있게 된 기회.

고쓰까이 소사. 관청이나 회사, 학교, 가게 따위에서 잔심부름을 하던 아이.

고조 나이 어린 점원.

군색하다 필요한 것이 없거나 모자라서 애처롭고 가엾다.

군호 서로 눈짓이나 말 따위로 몰래 연락함. 또는 그런 신호.

근리(近理)하다 이치에 거의 맞다.

급살 갑자기 닥쳐오는 재앙.

기꾸지깡 기쿠치간. 통속 소설을 주로 썼던 일본의 극작가 겸 소설가.

기수(氣數) 저절로 오고 가고 한다는 길흉화복의 운수.

깜냥 스스로 일을 해낼 만한 능력

너끔하다 누꿈하다. 전염병이나 해충 따위의 퍼지는 기세가 매우 심하다가 조금 누르러져 약해지다.

다다끼우리 손해를 무릅쓰고 싼값에 팔아 버리는 일.

당하다 사리에 마땅하거나 가능하다.

대문 이야기나 글 따위의 특정한 부분.

덮다 기세, 능력 따위에서 앞서거나 누르다.

동 사물과 사물을 잇는 마디. 또는 사물의 조리

되잡히다 되치이다. 남에게 덮어씌우려다가 도리어 자기가 당하다.

됩다 도리어. 예상이나 기대 또는 일반적인 생각과는 반대되거나 다르게.

따잡다 따져서 엄하게 다잡다.

때여가다 죄지은 사람이 잡혀가다.

뚜렛뚜렛하다 어리둥절하여 눈을 이리저리 굴리다.

뜯어보다 글에 서툴러서 겨우 이해하다.

마(魔) 일이 잘 되지 아니하게 훼방을 놓는 요사스러운 장애물. 사람의 마음을 홀려 제정신을 차리지 못하게 하고 악한 길로 유혹하는 나쁜 귀신.

만자이 두 사람이 익살스럽게 주고받는 이야기.

망가 만화.

맨판 늘, 항상

문문하다 어려움 없이 쉽게 다루거나 대할 만하다.

밉깡스럽다 밉광스럽다. 보기에 매우 밉살스러운 데가 있다.

반또 고용인의 우두머리. 지배인.

발련 반연. 무엇에 이르기 위한 연줄로 삼음.

분지복 각자 타고난 복.

범연히 친밀감 없이 예사롭게.

불고 돌보지 아니함.

불측스럽다 괘씸하고 엉뚱한 데가 있다.

사폐 남에게 끼치는 괴로움.

상급 상으로 주는 돈.

서발막대 세 발 정도 되는 길이의 긴 막대. '한 발'은 두 팔을 양옆으로 벌렸을 때, 한 쪽 손끝에서 다른 쪽 손끝까지의 길이를 말한다.

섬뻑 곧바로

세이레이 낭아시 7월 보름에 제물을 강이나 바다에 띄우는 일본 불교 행사.

수난 후분 고생 끝에 늙어서 받는 복.

식자 글이나 글자를 앎. 또는 그런 지식.

심덕 너그럽고 착한 마음 씀씀이.

심심소일 심심풀이로 어떤 일을 하며 시간을 보냄. 또는 그런 일.

아라사 러시아.

알량꼴량하다 얼굴이나 모양새가 좋지 않고 보잘것없다.

양주 바깥주인과 안주인이라는 뜻으로, '부부'를 이르는 말.

어리치다 독한 냄새나 밝은 빛 같은 강한 자극 때문에 정신이 흐릿해지다.

여대치다 비교 대상을 훨씬 넘어서다.

오캄 남의 아내. 주로 장사꾼의 아내.

완구히 어떤 상태가 완전하여 오래 견딜 수 있게.

왓쇼왓쇼 신령을 모신 가마를 메고 가며 내는 '영차 영차'와 같은 소리. 또는 이런 행사가 있었던 일본의 마을 축제.

요시까와 에이찌 요시카와 에이지. 역사 소설에 뛰어났던 일본의 소설가.

유만부동 정도에 넘침. 또는 분수에 맞지 아니함.

이재학(理財學) 경제 현상을 분석하고 연구하는 학문.

입심 겨름 말로써 서로 다투는 것.

자별히 남보다 특별하게.

작파하다 어떤 계획이나 일을 중도에서 그만두어 버리다.

작히나 조금이나마.

잔주 큰 주석 아래에 더 자세히 단 주석.

잘라떼다 받아들이지 않고 단호하게 물리치다.

잘코사니 미운 사람의 불행을 고소하게 여길 때에 내는 소리.

적공 많은 힘을 들여 애를 씀.

전중이 징역살이하는 사람을 속되게 이르는 말.

제바리 막일꾼들이 자기의 불만을 나타낼 때 하는 말.

존존히 넉넉하게.

죄다짐 죄에 대한 갚음.

지다이모노 연극, 영화, 소설 등에서 주로 에도 시대(1603~1867) 이전을 다룬 시대물.

진찐바라바라 칼싸움을 할 때 나는 소리를 흉내 낸 말.

참섭 어떤 일에 끼어들어 간섭함.

추다 남을 일부러 칭찬해 주다.

치패(致敗)하다 살림이 아주 결딴나다.

칙살스럽다 하는 일이 작고도 더럽다.

폐롭다 성가시고 귀찮다.

화단 재앙이나 화를 일으킬 실마리.

흰말 빈말. 필요 없는 말.

1 '나'와 아저씨는 각각 어떤 삶을 살아왔는지 정리해 봅시다.

나	
아저씨	

2 '나'가 아저씨를 '치숙'이라고 하는 이유와 아저씨가 '나'에게 '딱한 사람'이라고 하는 이유를 말해 봅시다.

3 '나'의 말투를 통해서 인물의 특성을 이야기해 봅시다.

4 작가가 이 소설을 통해 풍자하고자 한 것은 무엇일지 짐작해 봅시다.

'나'는 일곱 살 때 부모를 잃은 뒤 열두 살 때까지 소박을 맞고 친정살이 중이던 오촌 고모인 아주머니 손에 길러졌다. 보통학교까지 다닐 정도로 사랑을 받았으나 그 집안이 몰락하는 바람에 서울로 와서 일본인 가게의 심부름꾼으로 시작하여 지금은 점원으로 일하고 있다.

아저씨는 어린 나이에 장가를 든 뒤 공부한다고 돌아다니면서 아주머니를 친정으로 내쫓고, 대학교를 마친 뒤에는 사회주의에 미쳐서 돌아다니는가 하면, 학생 출신의 딴 여자를 얻어 살다가 붙잡혀 가서 5년간 징역살이를 했다. 그때 아주머니는 '나'를 연줄 삼아 서울로 올라와서 구라다상네 식모로 일했는데, 월급 모은 것으로 방 한 칸을 마련하여 감옥에서 풀려난 아저씨를 데려갔다. 아저씨는 감옥소에서 나오기 전부터 피를 토했는데 아주머니의 지극한 보살핌으로 차차 병이 나았다. 병이 나았으면 돈을 벌어서 아주머니 은혜에 보답을 해야 할 텐데 매일 방 안에 처박혀 있다.

사회주의라는 건 한번 맛들이면 끊지 못하는 아편 같은 것이라고 '나'의 집주인이 얘기했다. 서양 어디선가 게으름뱅이들이 모여서 놀고먹을 궁리를 하다가 부자와 가난한 사람이 있는 건 불공평하니까 나눠 먹어야 옳은 것이라며 일어난 것이 사회주의라고 말이다. 그러니 '나'에게 사회주의는 억지로 남의 것을 뺏어 먹는 불한당이다. 또 나라에서 금하고 있으니 당연히 나쁜 것이라고 생각한다. '나'는 주인의 신용을 얻고 있어서 한 십 년만 더 일하면 따로 장사를 차려 줄 거라 생각한다. 그리고 환갑까지 장사해서 십만 원만 모으면 떵떵거리고 살 수 있을 거라 믿고 있다. 또 내지인 여자와 결혼해서 내지인처럼 잘사는 게 목표이다. 그래서 사회주의 불한당들이 세상을 뒤집어 놓으면 어쩌나 걱정이다.

'나'는 쉬는 날 아주머니 집에 들렀다가 아저씨와 입씨름을 벌인다. '나'가 경제라는 건 돈 모아서 부자 되자는 거 아니냐고 물었더니, 아저씨는 그건 경제학이 아니라고 한다. 또 '나'가 사회주의는 부자들 돈 빼앗아 쓰자는 것 아니냐고 했더니, 아저씨는 그건 불한당이라면서 사회주의는 그런 불한당이 아니라고 한다. 그리고 '나'가 아저씨 걱정을 하니까 아저씨는 '나'가 걱정이라고 한다. 그래서 '나'가 계획을 쭉 얘기하니까 아저씨는 세상 물정이 그렇게 호락호락한 게 아니라면서 남의 비위를 맞추고 아첨하는 것만큼 가련한 사람이 없다고 말한다. 그러면서 몸이 나으면 사회주의를 또 계속할 거라고 덧붙인다. 그 말을 듣고 '나'는 아저씨가 차라리 죽는 게 좋을 거라고 생각한다.

이 소설은 처음부터 끝까지 '나'가 아저씨를 비판하고 조롱하는 내용으로 채워져 있다. '나'가 볼 때 아저씨는 아무 짝에도 쓸모없는 존재이며, 차라리 죽는 게 나은데 죽지도 않는 골치 아픈 존재인 것이다. 그러나 '나'는 무지하고 단순하다. 일제 강점기라는 시대적 상황에 대한 인식이 없기 때문에 나라에서 금하는 것은 나쁜 것이며, 나라에서는 백성들이 편안히 잘 살도록 해 주는 것이라는 인식을 하고 있다. 게다가 경제학은 돈을 잘 벌기 위해 필요한 학문이라고 알고 있고, 주인이 가르쳐 준 대로 사회주의는 불한당이라고 믿고 있다. 세상에 대한 식견 없이 눈앞의 이익에 연연하는 일본 앞잡이의 시선으로 사회주의 운동을 하는 아저씨를 조롱하고 비꼬는 것이다. 그러다 보니 비판의 칼날은 화자에게로 돌아가는 아이러니한 상황이 발생한다.

아저씨로 대표되는 현실적으로 무능하고 가부장적 사고방식에서 벗어나지 못한 사회주의자들도 문제지만 더 큰 문제는 눈앞의 제 잇속밖에 모르는 친일파들인 셈이다.

모래톱
이야기
김정한

이십 년이 넘도록 내처 붓을 꺾어 오던 내가 새삼 이런 글을 끼적거리게 된 건 별안간 무슨 기발한 생각이 떠올라서가 아니다. 오랫동안 교원 노릇을 해 오던 탓으로 우연히 알게 된 한 소년과 그의 젊은 홀어머니, 할아버지, 그리고 그들이 살아오던 낙동강 하류의 어떤 외진 모래톱 – 이들에 관한 그 기막힌 사연들조차, 마치 지나가는 남의 땅 이야기나 아득한 옛날이야기처럼 세상에서 버려져 있는 데 대해서까지는 차마 묵묵할 도리가 없었기 때문이다.

건우란 소년은 내가 직접 담임했던 제자다. 당시 나는 K라는 소위 일류 중학에서 교편을 잡고 있었다. 비가 억수로 내리던 날 첫 시간의 일이었다. 지각생이 많았다. 지각생이 많으면 교사는 짜증이 나게 마련이다. 그런 때 유독 닦이는 놈은 으레 그런 일이 잦은 놈들이다.

"넌 또 지각이로군? 도대체 어찌 된 일이냐?"

건우의 차례였다. 다른 애와 달리 그는 옷이 비에 흠뻑 젖어 있었다. 아래 윗도리 옷깃에서 물이 사뭇 교실 바닥에 뚝뚝 떨어지고 있지 않는가.

"나룻배 통학생임더."

낮고 가는 목소리가 그의 가냘픈 입술 사이에서 새어 나오듯 했다. 그리고 이내 울상이 된 얼굴을 아래로 떨구었다. 차라리 무엇인가를 하소하는 듯이 느껴졌다.

"나룻배 통학생?"

이쪽으로선 처음 듣는 술어였다.

"맹지면에서 나룻배로 댕기는 아입니더."

지각생 아닌 다른 애가 대신 대답했다. 맹지면(명지면, 鳴旨面)이라면 김해 땅이다. 낙동강 하류 강을 건너야만 부산으로 나올 수 있는 곳이다.

"나룻배 통학생이라……."

나는 비에 젖은 건우의 옷을 바라보면서 자리에 들어가라고 했다.

이런 일이 있고부터 나는 건우란 소년에게 은근히 동정이 가게 되었다. 더구나 아버지가 없다는 걸 알고부터는. 동무들끼리 어울려 놀 때 그를 곧잘 '거무(거미)'라고 놀려 대던 이상한 별명의 유래도 곧 알게 되었다. 그의 고향 친구들의 말에 의하면 거미란 짐승은 물에 날쌘 놈이라 해서 즈 할아버지가 지어 준 아명이었다는 거다. 거미! 강가에 사는 사람들의 자식 아끼는 심정을 가히 짐작할 수가 있었다. 호적에 올릴 때는 부득이 건우로 했으리라. 그것도 아마 누구의 지혜를 빌려서.

두 번째로 내가 건우란 소년에 대해서 관심을 더욱 가지게 된 것은 학기 초 가정 방문을 나가기 전에 그가 써낸 작문을 읽고부터였다.

(나는 가정 방문을 나가기 전 가끔 학생들에게 자기 자신에 관한 글을 써 오라고 하였다.)

'섬 얘기'란 제목의 그의 글은 결코 미문은 아니었다.

그러나 내용은 끔찍한 것이라 생각했다. 자기가 사는 고장 — 복숭아꽃도, 살구꽃도, 아기 진달래도 피지 않는 조마이섬은, 몇백 년 아니 몇천 년 갖은 풍상과 홍수를 겪어 오는 동안에 모래가 밀려서 된 나라 땅인데, 일제 때는 억울하게도 일본 사람의 소유가 되어 있다가 해방 후부터는 어떤 국회의원의 명의로 둔갑되었는가 하면, 그 뒤는 또 그 조마이섬 앞 강의 매립 허가를 얻은 어떤 다른 유력자의 앞으로 넘어가 있다든지 하는 — 말하자면 선조 때부터 거기에 발을 붙이고 살아오던 사람들과는 무관하게 소유자가 도깨비처럼 뒤바뀌고 있다는 섬의 내력을 적은 글이었다. 그저 그런 정도의 얘기를 솔직히 적었을 따름인데, 어딘지 모르게 무엇인가를 저주하는 듯한 소년의 날카롭고 냉랭한 심사가 글 밑바닥에 깔려 있었다. 나는 나 자신이 갑자기 무슨 고발이라도 당한 심정으로 그 글발을 따로 제쳐서 책상 서랍 속에 넣어 두었다.

가정 방문이 있는 주간은 대개 오전 수업뿐이다. 점심시간이 시작될 무렵 나는 건우를 교무실로 불렀다.

"오늘 명지로 갈까 하는데, 너 외에 몇이나 있지?"

"A반 학생은 저 하나뿐입니다."

건우의 노르께한 얼굴에는 순간적인 그늘이 얼씬 지나가는 것 같았다.

"그래? 그럼 한 시 반쯤 해서 현관 앞으로 다시 오게."

명지 같음 어둡기 전에 돌아오기가 힘들는지 모른다. 나는 부랴부랴 점심을 마치고서 교무실을 나섰다.

건우는 벌써 현관께로 와 있었다. 역시 약간 어둔 얼굴을 하고. 아마 미리 어머니에게 알리지 않고 가는 것이 약간 켕겼던 모양이다.

"가 볼까?"

내가 앞장을 서듯 했다. 버스 요금도 제 것까지 내가 얼른 내는 걸 보고는 아주 송구스러운 듯한 표정을 지었다. 명지로 가는 하단 나루까지는 사오십 분이면 족했다. 그러나 한 척밖에 없다는 그 나룻배가 좀처럼 나타나지 않았다.

"집이 저쪽 나루터에서 먼가?"

나는 갈대 그림자가 그림처럼 고요히 잠겨 있는 강물을 내려다보며 물었다.

"예, 제북(제법) 갑니더."

그는 민망스런 듯이 나를 잠깐 쳐다보더니 눈을 역시 물 위로 떨어뜨렸다.

"얼마나?"

"반 시간 좀 더 걸립니더."

"그럼 학교까지 오려면 시간이 꽤 걸리겠는걸?"

"나룻배만 진작 타지고 빠른 날은 두어 시간만 하면 됩더."

"그래? 그래서 지각을 자주 하는군."

나는 환경 조사표의 카피를 펴 보았으나 곁에 사람들이 있기에 더

묻지 않았다. 아니 설사 곁에 다른 사람들이 없다 하더라도 아직 열다섯 살밖에 안 되는 소년에게 물어도 좋을 만한 그런 가정 형편이 못 되었다.

아버지는 없고,
어머니는 33세, 농업
할아버지 63세, 어업
삼촌 32세, 선원
재산 정도 하(下)

끼우뚱거리는 나룻배 위에서도 건우의 행복하지 못할 가정 환경이 자꾸만 내 머릿속에 확대되어 갔다.

나룻배를 내려서자 갈밭 속을 뚫고 나간 좁고 긴 길이 있었다. 우리는 반 시간 남짓 그 길을 걸어가면서도 별반 얘기가 없었다.

"아버진 언제 돌아가셨지?"

해 놓고도 오히려 후회할 정도였으니까.

"육이오 때라 캅니더만……."

건우의 말눈치가 확실치 않았다.

"어쩌다가?"

"군에 나갔다가 그랬다 캅니더."

"언제 어디서 돌아가셨는지도 잘 모른단 말인가?"

"야, 그래도 살아온 사람들 말이 암마 '워카 라인'인가 하는 데서 그랬을 끼라 카데요."

생각했던 바와는 달리, 건우의 이야기는 비교적 담담하였다.

"그래, 아버지의 얼굴은 기억하나?"

나는 속으로 그의 나이를 손꼽아 보았던 것이다.

"잘 모릅니더. 저가 두 살 때 군에 나갔다 카니…… 그라곤 통 안 돌아왔거던요."

나를 쳐다보는 동그스름한 얼굴, 더구나 그린 듯이 짙은 양미간에는 미처 숨기지 못한 을씨년스런 빛이 내비쳤다. 순간 나는 그의 노르께한 얼굴에서 문득 해바라기꽃을 환각했다.

삼사월 긴긴 해라더니, 보릿고개는 오후 세 시가 훨씬 지나도 해가 아직 메 끝과는 멀었다.

길가 수렁과 축축한 둑에는 빈틈없이 갈대가 우거져 있었다. 쑥쑥 보기 좋게 순과 잎을 뽑아 올리는 갈대청은, 그곳을 오가는 사람들과는 판이하게 하늘과 땅과 계절의 혜택을 흐뭇이 받고 있는 듯 한결 싱싱해 보였다.

"저 갈대들이 다 자라면 지나다니기가 무서울 테지? 사람의 길이 훨씬 넘을 테니까."

나는 무료에 지쳐 건우를 돌아보았다.

"괜찮심더, 산도 아인데요."

그는 간단히 대답할 뿐이었다. 아직도 짐승보다 인간이 더 무섭다는 것을 미처 모르는 모양이었다.

길바닥까지 몰려나왔던 갈게들이 둔탁한 사람들의 발자국 소리에 놀라 이리저리 황급히 구멍을 찾아 흩어지는가 하면, 어느 하늘에선지 종달새가 재잘재잘 쉴 새 없이 재잘거리고 있었다. 잔등에 땀을 느낄 정도로 발을 재게 떼 놓아, 건우가 사는 조마이섬에 닿았을 때는 해가 얼마만큼 기운 뒤였다.

섬의 생김새가 길쭉한 주머니 같다 해서 조마이섬이라고 불러 온다는 건우의 고장에는 보리가 거의 자랄 대로 자라 있었다. 강바람이 불어올 때마다 푸른 물결이 제법 넘실거리곤 했다.

낙동강 하류의 삼각주 일대가 대개 그러하듯이 이 조마이섬이란 데도 사람들이 부락을 이루고 사는 것이 아니라 그저 한 집 두 집 띄엄띄엄 땅을 물고 있을 따름이었다.

건우네 집은 조마이섬 위쪽에서 그리 멀지 않았다. 역시 외따로 떨어진 집이었다. 마침 뒤꼍 사래 긴 남새밭에 가 있던 어머니가 무슨 낌새를 차렸던지 우리가 당도하기 전에 어느새 사립께로 달려와 있었다.

"인자 오나?"

아이에게부터 먼저 말을 건네고 나서 내게도 수인사를 하였다.

"우리 건우 선생인가 배요?"

상냥하게 웃었다. 가정 조사표에 적혀 있는 서른세 살의 나이보다는 훨씬 핼쑥해 보였으나 외간 남자를 대하는, 붉은빛이 연하게 감도는 볼에는 그래도 시골 색시다운 숫기가 내비쳤다.

"수고하십니더."

하고 나는 사립을 들어섰다.

물론 집은 그저 그러했다. 체목은 과히 오래되지 않았지만 바깥 일손이 모자라는 탓인지 갈대로 엮어 두른 울타리에는 몇 군데 개구멍이 나 있었다.

"좀, 들어가입시더, 촌집이 돼서 누추합니더만……."

건우 어머니는 나를 곧 안으로 인도했다. 걸레질을 안 해도 청은 말끔했다. 굳이 방으로 모시겠다는 것을 나는 굳이 사양하고 마루 끝에 걸쳤다.

"어머니 혼자 힘으로 공부시키기가 여간 힘들지 않으실 텐데……."

건우가 잠깐 자리를 비키는 것을 보고 나는 으레 하는 식으로 가정 사정부터 물어보았다. 할아버지와 아저씨와 그리고 재산 따위에 대해서.

—할아버지는 개깃배를 타시고 재산이랄 끼사 머 있십니꺼. 선조 때부터 물려받은 밭뙈기들을 나라 땅이라 캤다가, 국회의원 땅이라 캤다가…… 우리싸 머 압니꺼—이렇게 대략 건우 군의 글에서 알았을 정도의 얘기였고, 건우의 삼촌에 대해서는 웬일인지 일절 말이 없었다. 대신, 길이 먼 데다 나룻배까지 타야 되기 때문에 건우가 지각이 많아서 죄송스럽다는 얘기와, 아버지가 없으니 그런 점을 생각해서 잘 도와 달라는 부탁이 고작이었다.

생활은 어떻게 무사히 꾸려 나가느냐고 했더니, 시아버님이 고깃배를 타기 때문에 가끔 어려운 돈을 기백 원씩 가져온다는 것과 먹고 입는 것은 보리 농사와 채소로써 그럭저럭 치대어 간다는 얘기였다.

"재첩은 더러 안 건지세요?"

강마을 일이라 이렇게 물었더니,

"그건 남자들이라야 안 됩니꺼. 또 배도 있어야 하고요."

할 뿐, 그러나 이쪽에서 덤덤하니까,

"물 빠질 땐 개발이싸 늘 안 나가는기요. 조개 새끼도 파고 재첩도 줏지만 그런 기사 어데 돈이 댑니꺼."

이렇게 덧붙였다.

잠시 안 보이던 건우가 어디서 다섯 홉짜리 정종을 한 병 들고 왔다. 이마에 땀이 번질번질한 걸 보면 필시 뛰어온 게 틀림없다. 아마 어머니가 시킨 일이라고 싶었다.

나는 미안스런 생각으로 건우 어머니가 따라 주는 술잔을 받았다. 손이 유달리 작아 보였다. 유달리 자그마한 손이 상일에 거칠어 있는 양이 보기에 더욱 안타까울 정도였다.

기어이 저녁까지 대접하겠다고 부엌으로 가 버린 뒤 나는 건우를 앞에 두고 잔을 들면서 그녀의 칠칠한 인사 범절에 새삼 생각되는 바가 있었다.

나는 모든 것을 다시 보았다. 농삿집치고는 유난히도 말끔한 마루청, 먼지를 뒤집어쓰고 있지 않은 장독대, 울타리 너머로 보이는 길찬 장다리꽃들…… 그 어느 것 하나에도 그녀의 손이 안 간 곳이 없으리라 싶었다. 이러한 집 안팎 광경들을 통해서 나는 건우 어머니가 꽤 부지런하고 친절한 여성이라는 것을 고대 짐작할 수가 있었다. 젊음이 한창인 열아홉부터 악지 세게 혼자서 살아왔다는 것과, 어려운 가운데서도 외아들 건우를 나룻배를 태워 가면서까지 먼 일류 중학에 보내고 있다는 사실, 그리고 농촌 아이라고는 믿어지지 않을 만큼 건우의 입성이 항시 깨끗했다는 사실 들이 어련히 안 그러리 싶어지기도 했다. 얼핏 보아서는 어리무던한 여인 같기도 하지만 유난히 볼가진 듯한 이마라든가, 역시 건우처럼 짙은 눈썹 같은 데선 그녀의 심상치 않을 의지랄까, 정열 같은 것을 읽을 수가 있었다.

나는 술상을 물리고서 건우의 공부방을 – 어머니의 방일 테지만 – 잠깐 들여다보았다. 사과 궤짝 같은 것에 종이를 발라 쓰는 책상 위에는 몇 권 안 되는 책들이 나란히 꽂혀 있었다. 그 가운데서 '섬 얘기'라고 잉크로써 굵직하게 등마루에 씌어진 두툼한 책 한 권이 특별히 눈에 띄었다.

"섬 얘기? 저건 무슨 책이지?"

나는 건우를 돌아보고 물었다.

"암것도 아입니더."

"소설?"

"아입니더."

"어디 가져와 봐."

건우는 싫어도 무가내라 뽑아 오면서,

"일기랑 또 책 같은 거 보고 적은 김더."

부끄러운 내색을 하였다.

"일기는 남의 비밀이니까 읽을 수가 없고, 어디 책 읽은 소감이나 뵈 주게."

나는 책을 도로 돌렸다. 건우는 마지못해 여기저길 뒤적거리다가 한 군데를 펴 주었다. 또박또박 깨알같이 박아 쓴 글씨였다.

××× 여사는 어머니처럼 혼자 사시는 분이라 그런지 그분의 글에는 한결 감동되는 바가 있었다. 〈내가 본 국도〉 속의 한 구절 ㅡ.

"그래도 선거 때가 되면 소속 육지에서 똑딱선을 가지고 섬 백성을 모시러 오는 알뜰한 정당이 있어, 이들은 다만 그 배로 실려 가서 실상 자기네 실생활과는 무연한 정치를 위하여 지정해 주는 기호 밑에 도장을 찍어 주고 그 배에 돌아온다는 것입니다. 현대 문명의 혜택이라곤 아직 받아 보지 못한 그들의 생활 속에도 현대 문명인이 행사하는 선거란 상식이 깃들게 되고, 어느 정당이나 정치의 영향도 알뜰히 받아 보지 못한 그네들에게도 투표하는 임무만은 지워져야 하고 조국의 사랑이라곤 받아 본 일이 없이 헐벗고 배우지 못한 그들의 아들들이 먼저 조국을 수호해야 할 책임을 지고 훈련을 받고 총을 메고 군인이 되어 갔다는 것……."

우리 아버지도 응당 이러한 군인 중의 한 사람이었으리라. 그래서 언제 어디서 쓰러졌는지도 모르고, 따라서 국군 묘지에도 묻히지 못하고, 우리에겐 연금도 없고…….

내 눈이 미처 좇기 전에 건우는 부끄러운 듯이 그 노트를 내게서 빼아 갔다.

"건우야!"

나는 노트 대신 건우의 손을 꽉 쥐었다.

"이 땅이 이곳 사람들의 땅이 아니랬지? 멀쩡한 남의 농토까지 함께 매립 허가를 얻은 어떤 유력자의 것이라고 하잖았어? 그러나 두고 봐. 언젠가는 너희들이 이 땅의 주인이 될 거야. 우선은 어떠한 괴로움이 있더라도, 억울하더라도 희망을 잃지 말고 꾹 참고 살아가야 해."

어조가 어떻게 아까 그 노트를 읽을 때와 같은 것을 깨닫고 나는 잠깐 말을 끊었다. 건우는 내처 묵연해 있었다.

"나라 땅, 남의 땅을 함부로 먹다니! 그건 땅을 먹는 게 아니라 바로 '시한폭탄'을 먹는 거나 다름없다. 제 생전이 아니면 자손대에 가서라고 터지고 말거든! 그리고 제아무리 떵떵거려 대도 어른들은 다 가는 거다. 죽고 마는 거야. 어디 땅을 떼 짊어지고 갈 수야 있나. 결국 다음 이 나라 주인인 너희들의 거란 말야. 알겠어?"

나는 말이 절로 격해지는 것을 깨달았다. 저녁상이 들어왔다.

부엌에서 바깥 동정을 죄다 엿들었는지 건우 어머니는 저녁상을 물리기가 바쁘게 손을 닦으며 청 끝에 와 걸치더니,

"선생님 이야기는 우리 건우한테서 잘 듣고 있습더. 그라고 이 섬 저 웃바지에 사는 윤샌도 선생님 말을 곧잘 하데요. 우리 건우가 존 담임 선생님 만났다면서……."

해가 막 떨어진 뒤라 그런지 그녀의 웃음이 적이 붉게 보였다.

"윤샌이라뇨?"

윤 생원이라는 말인 줄은 알았지만 그가 누군지 미처 생각이 안

났다.

"성은 윤씨고, 이름이 머라 카더라……."

건우를 흘끔 돌아보며,

"수딕이 할배 이름이 멋고?"

"춘삼이 아잉기요."

건우의 말이 떨어지자,

"내 정신 보래. 그래 춘삼 씨다."

그녀는 다시 나를 돌아보며,

"춘삼이란 어른인데 와 선생님을 잘 알데요. 부산에도 가끔 나갑니더. 쬐깐 포도밭도 가주고 있고요……."

"윤춘삼? …… 네, 이제 알겠습니다."

비로소 생각이 났다.

"그분하고는 어데서도 같이 지냈담서요?"

건우 어머니는 '세상은 넓고도 좁지요?' 하는 듯한 눈매로 웃어 보였다.

"네."

아닌 게 아니라 나는 적이 놀랐다. 어디서든 나쁜 짓 하고는 못 배기리라는 생각이 문득 들기까지 했다. 그와 동시에 지난날 어떤 어두컴컴한 곳에서 그 윤춘삼이란 사람을 처음으로 만났던 일, 그리고 다시 소위 큰집이란 데서 한때 같이 고생을 하던 갖가지 일들이 마치 구름 피어오르듯 기억에 떠올랐다.

—6·25 때의 일이었다. 나는 어떤 혐의로 몇몇 사람의 당시 대학

교수들과 함께 육군 특무대란 데 갇혀 있었다. 거기서 윤 생원을 처음 만났다. 물론 그땐 그가 이곳 사람인 줄도 몰랐다. 무슨 혐의로 들어왔느냐고 물어도 그는 얼른 대답을 하지 않았다. 곧 나갈 거라고만 했다. 곧 나갈 거라고 장담을 하던 사람이 얼마 뒤 역시 우리의 뒤를 따라 감옥으로 넘어왔다. 감옥에서는 그도 제법 사상범으로 통해 있었다. 누가 붙였는지는 모르되, '송아지 빨갱이'라는 별명이 붙어 있었다. 그의 말에 의하면 이유는 간단했다. —한창 무슨 청년단인가 하는 패들이 마구 설칠 땐데, 남에게 배내를 주었던 그의 송아지를 그들이 잡아먹은 게 분해서 배내 먹었던 사람에게 송아지를 물어내라고 화풀이를 한 것이 동기의 하나였다고 한다. 그 바보 같은 사람이 뒤퉁스럽게 그 청년단을 찾아가서 그런 고자질을 한 것이 꼬투리가 되어 "이 새끼 맛 좀 볼 테야?" 하는 식으로 잡혀 왔다는 이야기였다. 그 밖에 또 하나 주목받을 이유가 될 만한 것은, 자기 고향인 조마이섬에 문둥이 떼가 이주해 왔을 때(물론 정부의 방침이었지만) 그들을 몰아내기 위해 싸우다가 결국 경찰 신세를 졌던 일이라 했다. 그러면서도 그 자신 무슨 영문인지를 확실히 모르고서 옥살이를 했다. 다만 '송아지 빨갱이'라는 별명으로서.

어쩌다가 세수터에서라도 마주칠 때 "송아지 빨갱이!" 할라 치면 텁수룩한 머리를 끄덕거리며 사람 좋게 웃던 윤춘삼 씨의 그때 얼굴이 눈에 선해 왔다.

"좋은 사람이었지요."

"그라문니요! 지금도 우리 집에 가끔 옵니더."

건우 어머니도 맞장구를 쳤다.

이야기꾼들이 곧잘 쓰는 '우연성'이란 것을 아주 싫어하는 나였지만, 그날 저녁 일만은 사실대로 적지 않을 수가 없다.

어둡기 전에 건우의 집을 나서서 하단 쪽 나루터로 되돌아오던 길목에서 뜻밖에 이제 얘기하던 바로 그 윤춘삼이란 사람과 마주치게 되었으니 말이다.

"야-이거 ×선생 아니요! 이런 섬에 우짠 일로?"

송아지 빨갱이, 아니 윤춘삼 씨는 덥석 내 손을 잡으며 반가워했다.

"아이들 가정 방문을 왔다 가는 길이죠. 참 오랜만이군요."

"가정 방문?"

그는 수인사는 제쳐 놓고,

"그럼 건우 집에도 들렀겠네요?"

"네, 이 섬에는 건우 한 애뿐입니다. 내가 맡아 있는 애로서는……."

"마침 잘됐다. 허허 참, 세상에는 이런 수도 다 있다 카이. 인자 막 선생 이바구를 하고 오던 참인데……."

윤춘삼 씨는 뒤에 따라오던 웬 성큼한 털보 영감을 돌아보며,

"자 인사드리시오. 당신 손자 '거무'란 놈 선생이요."

하며 내처 허허 하고 웃어 댔다. 벌써 약간 주기가 있어 보였다. 두 사람이 인사를 채 나누기도 전에 윤춘삼 씨는,

"허허, 노상에서 이럴 수가 있나. 나도 여러 해 만이고……."

하며 털보 영감더러 하단으로 되돌아가자는 것이었다. 아니 바로 떠밀듯 했다.

"암, 그래야지. 나도 언제 한분 꼭 찾아볼라 캤는데, 바래다 드릴 겸 마침 잘됐구만."

멀쩡한 날에 고무장화를 신은 품이 누가 보나 뱃사람이 완연한 건우 할아버지도 약간 약주가 된 데다 역시 같은 떼거리였다.

윤춘삼 씨는 만나자 덥석 잡았던 내 손을 내처 아플 정도로 쥔 채 놓지 않았고, 건우 할아버지도 나란히 서게 되어 셋은 가뜩이나 좁은 들길을 좁으라 걸어 댔다. 땅거미를 받아선지 건우 할아버지의 갯바람에 그을린 얼굴이 거의 검둥이에 가까울 정도로 검어 보였다.

"갈밭새 영감, 오늘 참 재수 좋네. 내가 술 샀지, 또 이런 훌륭한 선생님을 만났지…… 그러나 이분에는 영감이 사야 돼오."

윤춘삼 씨의 말이 떨어지기가 바쁘게,

"암, 내가 사야지. 이분에는 정종이다. 고놈의 따끈한!"

아마 '갈밭새'가 별명인 듯한 건우 할아버지는 그 억세고 구부정한 어깨를 건들거리며 숫제 신을 내듯 했다.

하단 나룻가의 술집은 모두가 그들의 단골인 모양이었다.

"어이 또 왔쇠이!"

건우 할아버지가 구부정한 어깨를 먼저 어느 목롯집으로 들이밀었다. 다시 술자리가 벌어졌다. 술자리랬자 술상 대신 쓰이는 네 발 달린 널빤지를 사이에 두고 역시 네 발 달린 널빤지 걸상에 마주 앉은 것이었지만.

"술은 정종! 따끈한 놈으로. 응이, 알겠소? 우리 거무 선생이란 말이어!"

갈밭새 영감은 자기와 비슷하게 예순 고개를 넘어 보이는 주인 할머니더러 일렀다.

그가 소원인 듯 말하던 '따끈한 정종'은 그와 윤춘삼 씨보다 나를 먼저 취하게 했다. 그러나 좀처럼 놓아줄 눈치들이 아니었다.

"한 잔만 더……."

이번에는 건우 할아버지의 커다란 손이 연신 내 손을 덥쌌다.

"비록 개깃배를 타고 있지만 나도 과히 나쁜 놈은 아임데이. 내, 선생 이바구 다 듣고 있소. 이 송아지 빨갱이(섬에까지 그런 별명이 퍼졌던 모양이다.)한테도 여러 분 들었고, 우리 손자놈한테도 듣고 있소. 정말 정말 훌륭한 선생님이라고. 그까진 국회의원이 다 먼교? 돈만 있음 ×라도 다 되는 기고, 되문 나라 땅이나 훑이고 팔아묵고 그런 놈들이 안 많던기요? 왜, 내 말이 어데 틀렀십니꺼?"

갈밭새 영감은 말이 차츰 엇나가기 시작했다.

자기로선 취중 진담일지 모르나 듣기만 해도 섬뜩한 소리를 함부로 뇌까렸다.

그런 얘길랑 그만두고 술이나 들라 해도 갈밭새 영감은 물론 이번엔 윤춘삼 씨까지 되레 가세를 하고 나섰다.

"촌사람이라꼬 바본 줄 알지 마소. 여간 답답해서 그런 소릴 하겠소."

전깃불이 들어왔다. 불빛에 비친 갈밭새 영감의 얼굴은 한층 더 인상적이었다. 우악스럽게 앞으로 굽어진 두 어깨 가운데 짤막한 목줄기로 박혀 있는 듯한 텁석부리 얼굴! 얼굴 전체는 키를 닮아 길쭉했으나 무엇에 짓눌려 억지로 우그러뜨려진 듯이 납작해진 이마에는 껍데기가 안으로 밀려들기나 한 듯한 깊은 주름이 두어 줄 뚜렷하게 그어져 있었다. 게다가 구레나룻에 둘러싸인 얼굴 전면이 검붉은 구릿빛이 아닌가! 통틀어 원시인이라도 연상케 하는 조금 무서운 면상이었다.

"와 빤히 보능기요? 내 안주(아직) 술 안 취했습데이. 염려 마이소."

갈밭새 영감은 기름이 절은 수건을 꺼내더니 이마를 한 번 훔치고서,

"인자 딴말은 안 하지요. 언제 또 만날지 모르이칸에 이왕 만낸 짐에 저 송아지 빨갱이나 이 갈밭새가 사는 조마이섬 이바구나 좀 하지요."

그러곤 정신을 가다듬기나 하듯이 앞에 놓인 술잔을 훌쩍 비웠다.

건우 할아버지와 윤춘삼 씨가 들려준 조마이섬 이야기는 언젠가 건우가 써 냈던 '섬 얘기'에 몇 가지 기막히는 일화가 붙은 것이었다.

"우리 조마이섬 사람들은 지 땅이 없는 사람들이오. 와 처음부터 없기싸 없었겠소마는 죄다 뺏기고 말았지요. 옛적부터 이 고장 사람들이 젖줄같이 믿어 오는 낙동강 물이 맨들어 준 우리 조마이섬은……."

건우 할아버지는 처음부터 개탄조로 나왔다. 선조로부터 물려받

은 땅, 자기들 것이라고 믿어 오던 땅이 자기들이 겨우 철들락 말락 할 무렵에 별안간 왜놈의 동척 명의로 둔갑을 했더란 것이었다.

"이완용이란 놈이 '을사 보호 조약'이란 걸 맨들어 낸 뒤라 카더만!"

윤춘삼 씨의 퉁방울 같은 눈에도 증오의 빛이 이글거리기 시작했다.

1905년 – 을사년 겨울, 일본 군대의 포위 속에서 맺어진 '을사 보호 조약'이란 매국 조약을 계기로 소위 '조선 토지 사업'이란 것이 전국적으로 실시되던 일, 그리고 이태 후인 정미년에 가서는 "한국 정부는 시정 개선에 관하여 통감의 지도를 수할 사"란 치욕적인 조목으로 시작된 '한일 신협약'에 따라, 더욱 그 사업을 강행하고 역둔토(驛屯土)의 대부분과 삼림 원야(森林原野)들을 모조리 국유로 편입시키는 등 교묘한 구실과 방법으로써 농민들로부터 빼앗은 뒤 다시 불하하는 형식으로 동척과 일인 수중에 옮겨 놓던 그 해괴망측한 처사들이 문득 내 머릿속에도 떠올랐다.

"죽일 놈들."

건우 할아버지는 그렇게 해서 다시 국회의원, 다음은 하천 부지의 매립 허가를 얻은 유력자…… 이런 식으로 소유자가 둔갑되어 간 사연들을 죽 들먹거리더니,

"이 꼴이 되고 보니 선조 때부터 둑을 맨들고 물과 싸워 가며 살아온 우리들은 대관절 우찌 되는기요?"

그의 껙껙한 목소리에는, 건우가 지각을 하고 꾸중을 듣던 날 "나

릿배 통학생임더." 하던 때의, 그 무엇인가를 저주하듯 한 감정이 꿈틀거리고 있는 것 같았다. 얼마나 그들의 땅에 대한 원한이 컸던가를 가히 짐작할 수가 있었다.

"섬사람들도 한번 뻗대 보시지요?"

이렇게 슬쩍 건드려 봤더니 이번엔 윤춘삼 씨가 얼른 그 말을 받았다.

"선생님은 그런 걸 잘 알면서 그러네요. 우리 겉은 기 멀 알며, 무슨 힘이 있습니꺼. 하도 하는 짓들이 심해서 한분 해 보기는 해 봤지요. 그 문딩이 떼를 싣고 왔일 그때 말임더……."

윤춘삼 씨는 그때의 화가 아직도 사라지지 않은 듯이 남은 술을 꿀꺽 들이켰다.

"죽일 놈들!"

마치 그들의 입버릇인 듯 되어 있는 이 말을 안주처럼 되씹으며 윤춘삼 씨는 문둥이들과 싸운 얘기를 꺼냈다.

－큰 도둑질은 언제나 정치하는 놈들이 도맡아 놓고 한다는 게 서두였다. 그러면서도 겉으로는 동포애니, 우리들의 현(現) 실정이 어떠니를 앞세우겠다! 그때만 해도 불쌍한 문둥이들에게 살 곳과 일거리를 마련해 준다면서 관청에서 뜻밖에 웬 문둥이들을 몇 배 해 싣고 그 조마이섬을 찾아왔더란 거다. 그야말로 섬사람들에게는 아닌 밤중에 홍두깨 내미는 격으로－옳아, 이건 어느 놈의 엉큼순지는 몰라도 필연 이 섬을 송두리째 집어삼킬 꿍심으로 우릴 몰아내기 위해서 한때 문둥이를 이용하는 거라고…… 누군가의 입에서부터 이

런 말이 퍼지기 시작하고, 그래서 그 섬사람들뿐 아니라 이웃 섬사람들까지 한둥치가 되어 그 문둥이 떼를 당장 내쫓기로 했더란 거다.

상대방은 자다가 호박을 주운 격인 병신들인데 오자마자 그 꼴을 당하고 보니 어리둥절하였지만, 그렇다고 호락호락 떠나갈 배짱들은 아니었다. 결국 나가라니 못 나가겠느니 싸움이 벌어졌다.

"그때 바로 이 갈밭새 부자가 앞장을 안 섰능기요. 어데, 그때 문딩이한테 물린 자리 한분 봅시더."

윤춘삼 씨는 하던 말을 별안간 멈추고, 건우 할아버지 쪽을 쳐다보았다. 그러고는 골동품 같은 마도로스파이프를 빽빽 빨고만 있는 건우 할아버지의 왼쪽 팔을 억지로 걷어 올렸다. 나이에 관계없이 아직도 우악스러워 보이는 어깻죽지 바로 밑에 커다란 흉터가 하나 남아 있었다.

"한 놈이 영감 여길 어설피 물고 늘어지다가 그만 터졌거든!"

윤춘삼 씨는 자랑삼아 이야기를 이었다.

―그렇게 악을 쓰는 문둥이에 대해서 몽둥이, 괭이, 쇠스랑 할 것 없이 마구 들이대고 싸웠노라고. 그래서 이쪽에서도 물론 부상자가 났지만 괜히 문둥이들이 많이 상하고, 덕택에 자기와 건우 할아버지를 비롯해서 많은 섬사람들이 그야말로 문둥이 떼처럼 줄줄이 경찰에 붙들려 가고…… 그러나 뒷일이 더 켕겼던지 관청에서는 그 '기막힌 동포애'를 포기하고 그 문둥이들을 도로 싣고 갔다는 얘기였다.

"그 바람에 저 사람은 6·25 때 감옥살이 또 안 했능기요. 머 예비검거라 카든가……."

건우 할아버지가 이렇게 한마디 끼우니,

"그거는 송아지 때문이라 캐도……."

"누명을 써도 문딩이 빨갱이는 되기 싫은 모양이제? 송아지 빨갱이는 좋고."

건우 할아버지의 이런 농에는 탓하지 않고서,

"그런 짓들 하다가 결국 그것들이 안 망했나."

윤춘삼 씨는 지금도 고소한 듯이 웃었다.

"다른 패들이 나와도 머 벨 수 있더나?"

건우 할아버지는 내처 같은 표정을 하였다.

"그놈이 그놈이란 말이지? 입으로만 머니 머니 해 댔지, 밭 맨드라 카니 제우(겨우) 맨들어 논 강뚝이나 파헤치고, 나리(나루) 막는다 카면서 또 섬이나 둘러 마실라 카이……."

윤춘삼 씨도 그리 밝은 표정은 아니었다.

"× 선생님!"

건우 할아버지가 별안간 그 그로테스크한 얼굴을 내게로 돌렸다.

"우리 거무란 놈 말을 들으니 선생님은 글을 잘 씬다 카데요? 우리 섬에 대해 글 한분 써 보이소. 멋지기! 재밌실 꺼데이. 지발 그 썩어 빠진 글을랑 말고……."

"썩어 빠진 글이라뇨?"

가끔 잡문 나부랑이를 써 오던 나는 지레 찌릿해졌다.

"와 그 신문 같은 데도 그런 기 수타(많이) 난다 카데요. 남은 보릿고개를 못 냉기서 솔가지에 모가지들을 매다는 판인데, 낙동강 물이 파아랗니 푸르니 어쩌니…… 하는 것들 말임더.”

갈밭새 영감이 이렇게 열을 내기 시작하자, 곁에 있던 윤춘삼 씨가,

“허허이 우리 선생님이 오늘 잘못 걸렸네요. 이 영감이 보통이 아임데이. 그래도 선비의 씨라꼬…….”

핀잔 비슷이 말했지만, 건우 할아버지는 벌인춤이 되어 버렸다.

“하기싸 시인들이니칸에 훌륭하겠지요. 머리도 좋고…… 선생도 시인 아입니꺼. 그런데 와 우리 농사꾼이나 뱃놈들의 이바구는 통 안 씨는 기요? 추접다꼬? 글 베린다꼬 그라능 기요?”

입이 말을 한다기보다 차라리 수염이 떨어 댄다고 느껴질 정도로 건우 할아버지는 열을 냈다.

“그만하소. 영감이 머 글이나 이르능기요. 밤낮 한다는 기 ‘곡구롱 우는 소리’지. 어데 그기나 한분 해 보소.”

윤춘삼 씨가 또 참견을 했다.

“곡구롱 우는 소리라뇨?”

나도 윤 씨의 그 말에 귀가 쏠렸다. 어떤 고시조가 문득 생각났기 때문이다.

“어데, 해 보소. 모초럼 선생님을 모신 자리니.”

하는 윤춘삼 씨의 말에 그는 괜한 소리를 했구나 하는 표정을 지으며, 그 꺽꺽한 목청에 느린 가락을 넣기 시작했다.

곡구롱 우는 소리에 낮잠 깨어 니러 보니

작은아들 글 이르고 며늘아기 베 짜는데 어린 손자는 꽃놀이한다.

마초아 지어미 술 거르며 맛보라 하더라.

건우 할아버지는 갑자기 침착해진 채 눈을 지그시 감고 불렀다. 땀에 번지르르한 관자놀이 짬에 가뜩이나 굵은 맥이 한 줄 불쑥 드러나 보이기까지 하였다. 가락은 육자배기에 가까웠으나 내용은 역시 내가 생각했던 오(吳) 아무개의 고시조였다.

"이 노래 하나만은 정말 떨어지게 잘한다 카이!"

윤춘삼 씨는 나 못지않게 감탄을 하면서 그가 그 노래를 즐겨 부르는 사연을 대강 이렇게 말했다. —그러니까 그의 증조부 되는 분이 옛날 서울에서 무슨 벼슬께나 하다가 그놈의 당파 싸움에 휘말려서 억울하게 이곳 조마이섬으로 귀양인지 피신인지를 해 와 살았는데, 그분이 살아 계실 때 즐겨 읊던 시조란 것이었다.

사연을 듣고 보니 새삼 생각되는 바가 있었다. 그 노래를 부를 때의 갈밭새 영감의 표정에 은근히 누군가를 사모하는 듯한 빛이 엿보였을 뿐 아니라 그 꺽꺽한 목청에도 무엇인가를 원망하는 듯, 혹은 하소하는 듯한 가락이 확실히 떨리고 있었기 때문이다. 착각이 아니리라! 동시에 나는 아까 본 건우 군의 집 사립 밖에 해묵은 수양버들 몇 그루가 서 있던 광경이 새삼 기억에 떠오르고, 건우 어머니의 수인사 태도나 집안을 다스리는 범절이 어딘지 모르게 체통이 있는 선비 가문의 후예같이 짚어졌다.

"아드님은 6·25 때 잃으셨다지요?"

내가 술을 한 잔 더 권하며 위로 삼아 물으니까,

"야…… 큰놈은 그래서 뻬도 못 찾기 되고 작은놈은 머 사모아 섬이라 카던기요, 그곳 바다 속에 너어(넣어) 버렸지요."

"사모아 섬?"

나는 그의 기구한 운명을 생각했다.

"야, 삼치잡이 배를 탔거던요……."

이러고 한숨을 쉬는 건우 할아버지의 뒤를 곁에 있던 윤춘삼 씨가 또 받아 이었다.

"와 언젠가 신문에도 짜다라(많이) 안 났던기요. '허리켄'인가 먼가 하는 폭풍을 만내 시운찮은 우리 삼칫배들이 마구 결단이 난 일 말임더."

나도 건우 할아버지도 더 말이 없는데 윤춘삼 씨가 혼자 화를 내듯,

"낙동강 잉어가 띠이 정지(부엌) 바닥에 있던 부지깽이도 띤다 카듯이, 배도 남 씨다가 베린 걸 사 가주고 제북 원양 어업인가 먼가 숭내를 낼라 카다가 사람들까지 떼죽음을 안 시킷능기요. 거에다가 머 시체도 몬 찾았거이와 회사가 워낙 시원찮아 노오니 위자료란 기나 어디 지데로 나왔능기요. 택도 앙이지 택도 앙이라!"

"없는 놈이 할 수 있나. 그저 이래 죽고 저래 죽는 기지 머!"

갈밭새 영감은 이렇게 내뱉듯이 해 던지고선 아까부터 손 안에서 만지작거리고 있던 두 알의 가래 열매를 별안간 세차게 달가닥대기 시작했다. 마치 그렇게라도 함으로써 세상의 모든 근심 걱정을 잊어

버리기나 하려는 듯이. 어찌 들으면 남의 신경을 곤두서게 하는 그 딱딱한 소리가, 실은 어떤 깊은 분노의 분출을 억제하는 그의 마음의 울부짖음 같기도 했다.

그러나 나는 이내 따그르르 따그르르 하는 그 소리가 바로 나룻가 갈밭에서 요란스럽게 들려오는 진짜 갈밭새들의 약간 처량스런 울음소리와 흡사하다 느꼈다. 한편 또 조마이섬의 갈밭 속에서 나고 늙어 간다는 데서 지어졌으리라 믿어 왔던 갈밭새란 별명이 어쩜 그가 즐겨 굴리는 그 가래 소리가 갈밭새의 울음소리와 비슷한 데 연유되지나 않았을까 하는 생각이 들기도 했다.

세 사람은 한참 동안 말이 없었다. 갓 나온 듯한 흰 부나비 두 마리가 갈팡질팡 희미한 전등에 부딪칠 뿐이었다. 파닥거리는 소리도 없이.

그러고 두어 달이 지났다.

낙동강 물이 몇 차례 불었다 줄었다 하는 동안에 그해 여름도 어느덧 막바지에 접어들었다. 갈대도 이젠 길길이 자라서 가뜩이나 섬 사람들의 눈에도 잘 띄지 않는 갈밭새들이 더욱 깃들기 좋을 만큼 우거진 무렵이었다. 아침저녁 그 속에서 갈밭새들이 한결 신나게 따그르르 지저귀어 대면 머잖아 갈목도 빠져나온다 한다. 물론 학교도 방학이 끝날 무렵이다.

건우는 그동안 그 지긋지긋한 지각 걱정을 안 해도 좋았다. 한나절이면 그야말로 물거미처럼 물 위를 동동 떠다녀도 무방했다.

아닌 게 아니라 한여름 동안 얼마나 물과 볕에 그을었는지, 마지막

소집 날에 나타난 건우의 얼굴은 사시장춘 바다에서 산다는 즈 할아버지 못잖게 검둥이가 되어 있었다.

"어지간히 그을었구나. 할아버지와 어머니도 잘 계시니?"

늦게까지 어름거리는 그를 보고 일부러 물어봤더니,

"예, 수박 자시러 오시라 캅니더."

어머니의 전갈일 테지, 딴소리까지 했다. 까막 딱지가 묻힐 정도로 새까매진 얼굴이라 이빨이 유난히 희게 빛났다.

"집에서 수박을 심었던가?"

"예, 언제쯤 오실랍니꺼?"

숫제 다그쳐 묻는 것이었다.

"글쎄 언제 한번 가지."

"꼭 모시고 오라 카던데요?"

"그래, 오늘은 안 되고, 여가 봐서 한번 갈 테니까."

나는 그의 좁다란 어깨를 툭 쳐 주며 돌려보냈다. 처서가 낼모레니까 수박도 한물 갈 때리라. 이왕이면 처서께쯤 한번 가 볼까 싶었다.

그런데 공교히도 그 처서 날에 비가 내리기 시작했다. 처서에 비가 오면 독 안의 곡식도 준다는 하필 그날에 추적추적 비가 내리기 시작했으니, 내가 건우네 집으로 가고 안 가고가 문제가 아니라 그러한 경험과 속담 속에 살아온 농촌 사람들의 찌푸려질 얼굴들이 먼저 눈에 떠올랐다.

게다가 이건 이른바 칠팔월 긴 장마가 아니라, 하루 이틀, 그러다가 사흘째부터는 바로 억수로 변해 가더니 마침내 광풍까지 겹쳐서 온통 폭풍우로 바뀌고 말았다. 육십 년 이래 처음이니 뭐니 하고 떠드는 라디오나 신문들의 신나는 듯한 표현들은 나중에 있은 얘기고, 아무튼 그날 새벽에는 하늘이 내려앉고 땅이 뒤흔들리기나 하듯이 우레 번개가 잦고 비바람이 사나웠다.

이렇게 되면 속담 말로 '칠월 더부살이 주인 마누라 속곳 걱정' 정도의 장마 경황이 아니다. 더부살이도 우선 제 살 구멍 찾기가 급하다. 반면 제 한 몸이나 제 집구석에 별 탈만 없으면 남의 불행쯤은 오히려 구경 삼아 보아 넘기는 게 도회지 사람들의 버릇이다.

한창 천지가 진동하던 몇 시간 동안은 옴쭉달싹도 않던 사람들이 비가 좀 뜨음하니까 사립 밖으로 꾸역꾸역 기어 나오기가 바빴다. 늙은이나 어린애들은 하불실 가까운 개울가쯤 나가면 족하지만, 어른들은 그 정도로서는 한에 차질 않는다.

"낙동강이 넘는다지?"

"구포 다리가 우투룹단다!"

가납사니 같은 도시 사람들은 제멋대로 그럴싸한 소문을 퍼뜨리며, 소위 물 구경에 미쳐서 낙동강이 내려다보이는 언덕으로, 산으로 올라들 갔다.

내가 집을 나선 것은 반드시 그런 호기심에서만은 아니었다. 다행히 하단 방면으로 가는 버스가 통한다기 얼른 그것을 집어탔다. 군데군데 시뻘건 뻘물이 개울을 이루고 있는 길을, 차는 철버덕철버덕 기어가듯 했다. 대티고개서부터 내 눈은 벌써 김해 들을 더듬었다.

'저런……!'

건우네 집이 있는 조마이섬 일대는 어느덧 벌건 홍수에 잠겨 가고 있지 않은가! 수박이 문제가 아니다. 다시 흩날리기 시작하는 차창 밖의 빗속을 뚫고서, 내 시선은 잘 보이지도 않는 조마이섬 쪽으로 얼어붙었다. 동시에 "나룻배 통학생임더!" 하던 건우 군의 가냘픈 목소리가 갑자기 귀에 쟁쟁 되살아나는 것 같았다.

고개 넘어서부터 차는 더욱 끼우뚱거렸다. 논두렁을 밀고 넘어오는 물살이 숫제 쏴 하는 소리까지 내면서 길을 사뭇 덮었다. 때로는 길과 논밭이 얼른 분간이 안 되어 가로수를 어림해서 달리기도 했다. 그럴 때마다 차 안의 손님들은 한층 더 떠들어 댔다. 대부분이 무슨 사연들이 있어서 가는 사람들이었겠지만, 그러한 사연들보다 우선 눈앞의 사정에 더욱 정신을 파는 것 같았다.

하단 나루께는 이미 발목물이 넘었다. '사라호'에 데인 경험이 있는 그곳 주민들은 잽싸게 이불이랑 세간 부스러기를 산으로 말끔 옮겨 놓았고, 부랴부랴 끌어올린 목선들이 여기저기 나뒹그러져 있는 길 위에는 볼멘소리를 내지르는 아낙네와 넋 잃은 듯한 사내들이 경황없이 서성거릴 뿐이었다. 물론 나룻배가 있을 리 없었다. 예측 안 한 바는 아니지만 행여나 싶었던 마음에 실망은 컸다.

배 없는 나루터를 비롯해서 가까운 강가에는 경비를 나온 듯한 소방대원 같은 복장의 사람들과 순경 한 사람이 버티고 있었다. 아무리 가까이 오지 말라, 혹은 가지 말라 외대도 사람들은 들은 체 만 체했다. 물이 점점 더 붇고 있는 모양이었다.

나는 닭 쫓던 개 지붕 쳐다보듯이 밀려오는 강물만 맥없이 바라보았다. 어느 산이라도 뒤덮었는지 황토로 물든 물굽이가 강이 차게 밀려 내렸다. 웬만한 모래톱이고 갈밭이고 남겨 두지 않았다. 닥치는 대로 뭉개고 삼킬 따름이었다. 그러고도 모자라는 듯 우르르 하는 강 울림 소리는 더욱 무엇을 노리는 것같이 으르렁거렸다.

둑이 넘을 정도로 그악스럽게 밀려 내리는 것은 벌건 물굽이만이 아니었다. 얼마나 많은 들녘들을 휩쓸었는지, 보릿대랑 두엄더미 들이 무더기 무더기로 흘러내리는가 하면, 수박이랑 외, 호박 따위까지 끼리끼리 줄을 지어 떠내려왔다. 이상스런 것은 그러한 것들이 마치 서로 약속이라도 한 듯이 모두 강 한가운데로만 줄을 지어 지나가는 것이었다.

"쳇, 용케도 피해 간다!"

저만큼 떨어진 데서 장대 끝에 접낫을 해 단 억척보두들이 둥글둥글한 수박의 행렬을 향해 군침들을 삼켰다.

"그까진 수박은 껀지서 머할라꼬? 하불실 돼지 새끼라도 아담아 내야지?"

이런 농지거리도 들렸다. 역시 접낫을 해 든 주제에. 이들은 그저 물 구경을 나온 것이 아니라, 그런 가운데서도 엄연히 생활을 계산하고 있는 것이었다.

나는 그들의 대담한 태도와 농담에 잠깐 정신을 팔다가 다시 조마이섬이 있는 쪽으로 눈을 돌렸다. 부슬비가 계속 광풍에 흩날리고 있었다. 얼핏 홍적기(洪積期)를 연상케 하는 몽롱한 안개비 속이라, 어디가 어딘지 분별할 도리가 없었다.

'건우네 집은 벌써 홍수에 잠기지나 않았을까?'

불안한, 그리고 불길한 예감이 자꾸 들기 시작했다.

"물이 이 정도로 불어나면 건너편 조마이섬께는 어찌 되지요?"

생면부지인 접낫패들에게 불쑥 묻기까지 하였다.

"조마이섬?"

돼지 새끼를 안아 내겠다던 키다리가 나를 흘끗 쳐다보더니,

"맹지면에서는 땅이 조금 높은 편이라 카지만, 물이 이래 불으면 마찬가지지요. 만약 어제 그런 소동이 안 일어났이문 밤새 무슨 탈이 났을지도 모를 끼요."

"어제 무슨 일이라도 있었던가요?"

나는 신경이 별안간 딴 곳으로 쏠렸다.

"있다 뿐이라요? 문딩이 쫓아낼 때보다는 덜했겠지만 매립(埋立)인강 먼강 한답시고 밀가리만 잔득 띠이 처먹고 그저 눈가림으로 해 놓은 둘(둑)을 섬사람들이 우 대들어서 막 파헤쳐 버리고 본래대로 물길을 티 놨다 카드만요. 글 안 했으문……."

키다리는 혼자서 신을 내 가며 떠들었다.

"쓸데없는 소리 말게. 괜히 혼날라꼬."

곁에 있던 약삭빠른 얼굴의 사내가 이렇게 불쑥 쏘아붙이듯 하더니 마침 저만큼 떠내려오는 널빤지를 향해 잽싸게 접낫을 던졌다. 그러나 걸리지 않았다. 그렇게 허탕을 친 게 마치 이쪽의 잘못이나 되는 듯,

"조마이섬에 누가 있소?"

내뱉듯한 소리가 짐짓 퉁명스러웠다.

"건우란 학생이 있어서……."

나는 일부러 학생의 이름까지 대 보았다. 약삭빠른 눈초리가 다시 물굽이만 쏘아보고 말이 없으니까, 또 키다리가,

"그 아이 아배가 누군교?"

하고 나를 새삼 쳐다보았다.

"아버진 없고, 즈 할아버지 별명이 갈밭새 영감이라더군요."

나는 건우 할아버지의 이름이 얼른 생각나지 않았다.

"아, 그렇기요? 좋은 노인임더."

키다리는 접낫대를 세워 들더니,

"조마이섬의 인물 아잉기요. 어지(어제) 아침 이곳을 지내갔는데 그 뒤 대강 알아봤거든……. 가고 난 뒤 얼마 안 돼서 그 일이 났단 말이여."

말머리가 어느덧 자기들끼리로 돌아갔다. 나는 굳이 파고 묻지 않았다.

그때 마침 판잣집 용마루 비슷한 길다란 나무가 잠겼다 떴다 하며 떠내려가자, 조금 떨어진 신신바위 짬에서 별안간 쬐깐 쪽배 하나가 쏜살같이 나타나더니 기어코 그놈에게 달라붙어서 한참 파도와 싸우며 흐르다가 마침내 저 아래쪽 기슭에 용케 밀어다 붙였다. 박수를 치기보다는 모두 숨을 죽이고 바라보기만 했다. 용감하다기보다 차라리 처참한 광경이었다. 나는 거기서 누구에게도 보장을 받아 오지 못한 절박한 생활을 읽었다. 한 표의 값어치로서가 아니라 다만

살기 위해서 스스로 죽을 모험을 무릅쓰는 그러한 행위는 부질없이 그것을 경계하거나 방해하는 힘을 물리침으로써만 오히려 목숨 그 자체를 이어 갈 수 있다는 산 증거 같기도 했다.

'갈밭새 영감이나 송아지 빨갱이도 그냥 있지는 않았으리라!'

나는 조마이섬의 일이 불현듯 더 궁금해져서 이내 구포 가는 버스를 잡아탔다. 다리만 건너면 조마이섬 가까이까지 갈 수 있으리라 믿었다.

구포 다릿목에서 차를 내렸으나 물은 이미 위험 수위를 훨씬 돌파해서, 다리는 통금이 돼 있었다. 비상 경계의 붉은 깃발이 찢어질 듯 폭풍우에 펄럭이고, 다릿목을 건너지른 인줄 곁에는 한국인 순경과 미군이 버티고 있었다. 무거워 보이는 고무 비옷에 철모를 푹 눌러쓰고 방망이를 해 든 폼이 여간 엄중해 뵈지 않았다.

그런데도 무슨 핑계들을 꾸며 대고 용케 건너가는 사람들이 있었다. 더러는 다리 위에서 유유히 물 구경을 하는 사람들도 나도 간신히 그들 틈에 끼었다. 우르르르 하는 강 울림은 다리 위에서 듣기가 한결 우람스러웠다.

통행 금지의 팻말이 서 있어도 수해 시찰을 나온 듯한 새까만 관용차만은 사뭇 물을 튀기며 지나갔다. 바람이 휘몰아칠 때는 거기에 날리기나 하듯이 더욱 빨리 지나갔다. 요컨대 일종의 모험이기도 했으리라. 안에 타고 있는 얼굴들은 알 길이 없었지만 어련히 심각한 표정들을 했으랴 싶었다.

내려다봄으로 해서 한결 사나운 물굽이가 숫제 강을 주름잡듯 둘

둘 말려 오다간, 거의 같은 지점에서 쏴아 하고 부서졌다. 그럴 때마다 구슬, 아니 퉁방울 같은 물거품이 강 위를 휘덮고 때로는 바람결을 따라서 다리 위까지 사뭇 퉁겼다. 그러한 강 한가운데를 잇달아 줄을 지어 떠내려오는 수박이랑 두엄더미들이 하단서 볼 때보다 훨씬 많았다. 말하자면 일종의 장관에 가까웠다.

"아까 그 송아지는 정말 아깝던데……."

이런 뚱딴지같은 소리도 푸득 귓가를 스쳐 갔다.

조마이섬이 있는 먼 명지면 짬은 완전히 물바다로 보였다. 구름을 이고 한가하던 원두막은 다시 찾아볼 길이 없고, 길찬 포플러나무들도 겨우 대공이만은 남은 듯 바람에 누웠다 일어났다 했다.

지루하게 긴 다리를 지루하게 건너, 물 구경 나온 인파를 헤치고 강둑길을 얼마 못 갔을 때였다. 뜻밖에 거기서 윤춘삼 씨와 마주쳤다. 헐레벌떡 빗속을 뛰어오던 송아지 빨갱이, 아니 윤춘삼 씨는 머리끝에서 발끝까지 온통 물에서 막 건져 올린 사람처럼 젖어 있었다. 하긴 내 꼴도 그랬을 테지만.

"우짠 일인기요?"

하고 덥석 내 손을 검잡는 윤춘삼 씨는, 그저 반갑다기보다 숫제 고마워하는 기색까지 보였다.

"조마이섬은 어찌 됐소?"

수인사란 게 이랬더니,

"말 마이소. 자, 저리 가서 이야기나 합시더……."

그는 나를 도로 다릿목 쪽으로 끌었다.

"아니, 섬 쪽으로 가 보려 했는데요?"

"가야 아무것도 없소. 모두 피난소로 옮기고, 남은 건 물바다뿐임더. 우짤라꼬 이놈의 하늘까지……."

별안간 또 한 줄기 쏟아지는 비도 피할 겸 윤춘삼 씨는 나를 다릿목 어떤 가겟집으로 안내했다. 언젠가 하단서 같이 들렀던 집과 거의 비슷한 주막집이었다. 둘 사이에는 한참 동안 말이 없었다. 너무나 다급하고 또 수다한 말들이 두 사람의 입을 한꺼번에 봉해 버렸다 할까!

"건우네 가족도 무사히 피난했겠지요?"

먼저 내 입에서 아까부터 미뤄 오던 말이 나왔다.

"야……."

해 놓고도 어쩐지 말끝이 석연치 않았다.

"집들은 물론 결단이 났겠지만, 사람은 더러 상하진 않았던가요?"

나는 이런 질문을 해 놓고 이내 후회했다. 으레 하는 빈 걱정 같아서.

"집이고 사람이고 머 있능기요. 다행히 목숨만은 건졌지만, 그 바람에 갈밭새 영감이 또 안 끌려갔능기요."

윤춘삼 씨는 가슴이 내려앉는 듯한 무거운 한숨을 내쉬었다.

"건우 할아버지가?"

나는 하단서 그 접낫패에게 얼핏 들은 얘기를 상기했다.

"그래서 내가 지금 경찰서꺼정 갔다 오는 길인데, 마침 잘 만냈심더. 글 안해도……."

기진맥진한 탓인지, 그는 내가 권하는 술잔도 들지 않고 하던 이야기만 계속했다.

바로 어제 있은 일이었다. 하단서 들은 대로 소위 배짱들이 만들어 둔 엉터리 둑을 허물어 버린 얘기였다.

—비는 연 사흘 억수로 쏟아지지, 실하지도 않은 둑을 그대로 두었다가 물이 더 불었을 때 갑자기 터진다면 영락없이 온 섬이 떼죽음을 했을 텐데, 마침 배에서 돌아온 갈밭새 영감이 설두를 해서 미리 무너뜨렸기 때문에 다행히 인명에는 피해가 없었다는 것이다.

"그런데 와 건우 할아버진 끌고 갔느냐고요?"

윤춘삼 씨는 그제야 소주를 한 잔 훅 들이키고 다음을 계속했다. —섬사람들이 한창 둑을 파헤치고 있을 무렵이었다. 좀 더 똑똑히 말한다면, 조마이섬 서쪽 강둑길에 검정 지프차가 한 대 와 닿은 뒤라 한다. 웬 깡패같이 생긴 청년 두 명이 불쑥 현장에 나타나더니 둑을 허물어뜨리는 광경을 보자 이내 노발대발 방해를 하기 시작하더라고. 엉터리 둑을 막아 놓고 섬을 통째로 집어삼키려던 소위 유력자의 앞잡인지 뭔지는 모르되, 아무리 타일러도 "여보, 당신들도 보다시피 물이 안팎으로 이렇게 불어나는데 섬사람들은 어떻게 하란 말이요?" 해 봐도, 들어 주긴커녕 그중 힘깨나 있어 보이는 눈이 약간 치째진 친구가 되레 갈밭새 영감의 괭이를 와락 뺏더니 물 속으로 핑 집어 던졌다는 거다.

그러곤 누굴 믿고 하는 수작일 테지만 후욕패설을 함부로 뇌까리자, 순간 화가 머리끝까지 치밀었을 갈밭새 영감도,

"이 개 같은 놈아, 사람의 목숨이 중하냐, 네 놈들의 욕심이 중하냐?"

말도 채 끝나기도 전에 덜렁 그자를 들어 물 속에 태질을 해 버렸다는 것이다. 상대방은 '아이고' 소리도 못해 보고 탁류에 휘말려 가고, 지레 달아난 녀석의 고자질에 의해선지 이내 경찰이 둘이나 달려왔더라고.

"내가 그랬소!"

갈밭새 영감은 서슴지 않고 두 손을 내밀었다는 거다. 다행히도 벌써 그때는 둑이 완전히 뭉개지고, 섬을 치덮던 탁류도 빙 에워 돌며 뭉그적뭉그적 빠져나가고 있었다는 것이다.

"정말 우리 조마이섬을 지키다시피 해 온 영감인데…… 살인죄라니 우짜문 좋겠능기요?"

게까지 말하고 나를 쳐다보는 윤춘삼 씨의 벌건 눈에서는 어느덧 닭똥 같은 눈물이 뚝뚝 떨어지기 시작했다.

법과 유력자의 배짱과 선량한 다수의 목숨……. 나는 이방인(異邦人)처럼 윤춘삼 씨의 캉캉한 얼굴을 건너다보았다.

폭풍우는 끝났다. 60년 이래 처음이니 뭐니 하고 수다를 떨던 라디오와 신문들도 이젠 거기에 대해선 감쪽같이 말이 없었다. 그저 몇몇 일간 신문의 수해 구제 의연란에 다소의 금액과 옷가지들이 늘어갈 뿐이었다.

섬사람들의 애절한 하소연에도 불구하고 육십이 넘는 갈밭새 영감은 결국 기약 없는 감옥살이로 넘어갔다.

그리고 9월 새 학기가 되어도 건우 군은 학교에 나타나지 않았다. 끝내 돌아오지 않았다. 그의 일기장에는 어떠한 글이 적힐는지.

황폐한 모래톱 – 조마이섬을 군대가 정지를 하고 있다는 소문이 들렸다.

(1966년)

《모래톱 이야기》(범우사, 1986)

가납사니 되잖은 소리로 자꾸 지껄이는 수다스러운 사람.

고대 바로 곧.

곡구롱 곳구릉. 꾀꼬리가 우는 소리.

그악스럽다 보기에 사납고 모진 데가 있다.

꿍심 남에게 드러내 보이지 아니하고 속으로만 어떤 일을 꾸며 우물쭈물하는 속셈.

마도로스파이프 담배통이 크고 뭉툭하며 대가 짧은 서양식 담뱃대의 하나. 뱃사람들이 주로 사용한 데서 유래한다.

모래톱 강가나 바닷가에 있는 넓고 큰 모래벌판.

목롯집 목로(주로 선술집에서 술잔을 놓기 위하여 쓰는, 널빤지로 좁고 기다랗게 만든 상)를 차려 놓고 술을 파는 집.

무가내 막무가내. 도무지 융통성이 없고 고집이 세어 어찌할 수 없음.

벌인춤 이미 시작하여 중간에 그만둘 수 없는 것을 이르는 말.

불하하다 국가 또는 공공 단체의 재산을 개인에게 팔아넘기다.

아명 아이 때의 이름.

악지 잘 안 될 일을 무리하게 해내려는 고집.

억척보두 심성이 굳고 억척스러운 사람.

역둔토 역토(역에 속한 논밭)와 둔토(군대의 군량을 마련하기 위한 논밭)을 아울러 이르는 말.

유력자 세력이나 재산이 있는 사람.

육자배기 남도 지방에서 부르는 잡가의 하나. 가락의 굴곡이 많고 활발하며 진양조장단이다.

입성 '옷'을 이르는 말.

접낫 자그마한 낫.

체목 집을 지을 때 기둥, 도리 따위에 쓰는 나무.

하불실 아무리 적어도, 적은 만큼의 희망이 있음을 이르는 말.

홍적기 신생대 제4기의 첫 시기. 인류가 발생하여 진화한 시기이다. 지구가 널리 빙하로 덮여 몹시 추웠고, 매머드 같은 코끼리와 현재의 식물과 같은 것이 생육하였다.

1 '나'가 조마이섬에 대한 글을 쓰는 이유는 무엇인지 이야기해 봅시다.

2 조마이섬은 어떤 내력을 지니고 있는지 정리해 봅시다.

3 건우 할아버지가 말하는 '썩어 빠진 글'은 어떤 글을 말하는지, 그렇다면 좋은 글은 어떤 글인지 이야기해 봅시다.

4 갈밭새 영감은 살인죄로 감옥에 갇혔습니다. 그에게 살인죄를 적용해야 할지 정당 행위로 인정해야 할지 이야기해 봅시다.

'나'는 교사 생활을 하면서 만난 건우라는 아이를 통해 접하게 된 사건을 묻어 둘 수 없어서 글을 쓰게 되었다. '나'는 중학교에서 교편을 잡고 있었는데, 그때 담임을 맡았던 반에 건우라는 나룻배 통학생이 있었다. 가정 방문을 하기 전에 건우가 적어 낸 '섬 얘기'라는 작문은 자기가 사는 조마이섬의 내력을 적은 것이었는데, 선조 때부터 발붙이고 살아온 사람들과는 무관하게 소유자가 바뀌고 있다는 내용이었다.

건우 집까지는 버스를 타고 가서 다시 배를 타야 했는데, 두 시간 남짓 거리였다. 아버지는 건우가 두 살 때 군대에 갔다가 전쟁 중에 죽었고, 어부인 할아버지와 농사짓는 젊은 어머니가 함께 살고 있었다. 건우 어머니는 부지런하고 친절했으며, 의지가 강한 여인이라는 느낌이 들었다. 저녁밥을 먹은 뒤 건우 어머니는 예전에 사상범으로 같이 교도소 생활을 한 적이 있는 윤춘삼이라는 사람이 조마이섬에 살고 있다는 얘기를 했다.

'나'는 집으로 돌아오던 길목에서 윤춘삼 씨와 마주쳤다. 윤춘삼 씨는 갈밭새 영감이라는 별명을 가진 건우 할아버지와 함께 걸어오고 있었는데, 그들은 다시 나루터로 가서 정종을 마셨다. 술을 마시면서 건우 할아버지는 조마이섬의 주인이 바뀌어 간 내력을 들려주었고, 이야기를 하면서 윤춘삼 씨와 함께 '죽일 놈들'이라는 말을 반복했다. 섬사람들을 쫓아내기 위해 문둥이들을 싣고 왔을 때 갈밭새 영감이 앞장서서 몰아낸 사연도 들었다.

'나'가 가정 방문을 갔다 온 두어 달 뒤 폭풍우가 내리고, 낙동강이 넘는다는 소문이 들렸다. '나'가 버스를 타고 나루터 부근으로 갔을 때 조마이섬 일대는 홍수에 잠겨 가고 있었다. 통행금지 팻말이 서 있는 구포다리를 건너 둑을 걸어가는데 온몸이 물에 흠뻑 젖은 윤춘삼 씨가 보였다. 윤춘삼 씨는 조마이섬 사람들이 모두 목숨을 건졌으나 갈밭새 영감이 경찰서에 잡혀갔다는 소식을 전했다. 한꺼번에 물이 몰려들 것을 염려해 갈밭새 영감을 선두로 하여 마을 사람들이 둑을 허물어 버렸다고 했다. 그때 섬을 삼키려는 유력자가 보낸 청년들이 와서 갈밭새 영감의 곡괭이를 빼앗아 던져 버렸다고 한다. 그러자 갈밭새 영감이 청년 하나를 물속에 던져 버렸고, 갈밭새 영감은 살인죄로 잡혀 갔다는 것이다. 섬사람들의 하소연에도 불구하고 갈밭새 영감은 감옥살이를 하게 되었으며, 건우는 학교에 나타나지 않았다. 그리고 조마이섬을 군대가 정지하고 있다는 소문이 들렸다.

이 소설은 낙동강 하류의 외진 모래톱을 삶의 터전으로 살아가는 사람들의 기막힌 사연을 접하고서 도저히 지나가는 남의 땅 이야기처럼 묵묵할 수 없어서 글을 쓰게 되었다는 내용으로 시작한다. 낙동강 하류의 물길이 흘러가면서 모래를 쌓아 만들어 내는 것이 모래톱이다. 조마이섬 사람들은 그 모래톱을 삶의 터전으로 삼아 땅을 일구고 후손들이 이어받아 가꾸면서 살아왔다. 그러나 일제가 들어와서 이 땅을 국유지로 편입시키고, 국회의원이나 유력자들이 나서서 땅 주인 행세를 했다. 이렇게 권력 있는 자들이 섬의 주인 노릇을 해 온 과거와 섬사람들의 반발, 혹은 섬을 빼앗기지 않으려 발버둥치는 모습들이 갈밭새 영감과 윤춘삼 씨의 말을 통해 전해진다. 그러나 유력자들이 섬을 삼키려는 횡포는 과거의 일이 아니라 현재 진행형이다. 수해로 섬이 잠겨 사람들이 목숨을 잃을 위기에 처했지만 섬을 차지하기 위해 사람들의 목숨에는 아랑곳하지 않는 현실에 분노한 갈밭새 영감은 결국 살인죄로 잡혀간다. 그리고 모래톱을 군대가 정지하고 있다는 소문으로 보아 조마이섬은 여전히 섬사람들의 것이 되지는 못한다는 것을 알 수 있다. 민중들의 소외와 저항의 한 단면을 볼 수 있다.

밤길

윤정모

김 신부는 천천히 수저질을 했다. 하루 꼬박 아무것도 먹지 못했음에도 식욕이 동하지 않았다. 신부가 설렁탕을 저어 기름기 빠진 고깃점을 떠 넣고 우물우물 씹고 있을 때 식당 문이 열리면서 한 떼거리의 손님이 들어왔다. 손님들은 신부의 맞은편, 그러니까 요섭의 등 뒷자리에 몰려 앉았다. 전투복을 입은 경찰관들이었다. 신부는 요섭을 쳐다보았다. 그는 숟갈질을 멈추고 자신의 음식물로 시선을 빠뜨렸다. 이마와 귀밑으로 흘러내린 더부룩한 머리와 멋대로 자란 수염, 창백한 안색이 유리판에 던져진 동전 소리로 신부의 가슴에 울려 왔다.

"요섭아, 얼른 먹고 가야지."

요섭이 숟갈로 국밥을 떴다. 비로소 신부는 입 속에 머물러 있던 고깃점을 꿀꺽 삼켰다.

"특히 총기를 가진 놈들이 들이닥칠 때 조심해야 돼."

경관들이 음식을 주문한 후 그렇게 두런거렸다.

"그럼, 남쪽으로 간 놈들이 북쪽으로 진로를 바꾸었단 말입니까?"

누군가가 물었다.

"주모자 놈들이 쥐새끼처럼 빠져나갈지도 모르니까."

요섭이 다시 수저질을 멈추었다. 그의 눈길이 국물에 뜬 당면 사이로 빠른 빛살처럼 헤집고 다녔다.

"요섭아, 미사 시간 늦겠다."

요섭의 눈이 가만가만 다가왔다. 신부는 그의 시선을 외면하고 가방을 들었다.

"그만 가자꾸나."

신부는 요섭을 앞세워 식당을 나왔다. 무언가가 뒷덜미를 잡는 것 같았다. 그것은 그 어떤 시선이 아니라 식탁에 남겨 놓고 나온 자신의 거짓말이었다. 신부는 지금 미사를 집전하기 위해 성당으로 가는 길이 아니었다. 더욱이 오늘은 일요일도 아닌 월요일이었다. 요섭이 담배 가게로 가는 사이 신부는 잠깐 멈춰 서서 로만 칼라와 십자가를 만졌다.

요섭이 담배 두 갑을 사더니 길 건너 버스 터미널을 바라보았다. 신부도 그의 곁으로 다가가 터미널 쪽으로 몸을 돌렸다. 지는 햇살이 그 건물 유리창에 황사모양 누렇게 번지고 있었다. 요섭이 담배 한 갑을 내밀었다. 신부는 그것을 받아 넣으며 이태 전 그가 하던 말을 떠올렸다.

"신부님, 정말입니까? 목사는 장가를 드는 대신 담배는 안 되고, 신부는 독신으로 봉사해야 하니까 담배를 허용한다는 것 말예요."

그런 걸 물어 올 땐 늘 싱얼싱얼 웃는 애숭이 대학생이었다. 무슨 멋인지 신사복도 아닌 검은 작업복을 빳빳하게 다려 입고 성당엘 왔었는데…….

요섭의 눈이 한 지점에서 떠날 줄 몰랐다. 터미널 안에 뭔가 있는 모양이었다. 신부도 좀 자세히 보려고 눈길을 모았다. 그러나 눈이 나쁜 탓인지 잘 보이지 않았다.

"걷는 게 좋을 것 같습니다."

요섭이 말했다. 신부는 고개를 끄덕이며 상점 골목 쪽으로 걷기 시작했다. 담양으로 갈 걸 잘못했나? 신부는 가방을 왼쪽 어깨로 옮기며 생각했다. 자가용을 내주던 변호사는 말했었다. 아무래도 장성 쪽이 교통편이 나을 거예요. 동운동까지 가서 얻어 탄 승용차는 험한 길을 한 시간쯤 달려 장성 터미널 부근에 세워졌고, 거기서 내렸을 땐 신명을 내는지 들까부는지 알 수 없는 여가수의 노래가 전파사의 확성기를 깍깍 울려 댔다. 신부는 지나는 행인을 살펴보았다. 모두가 너무나 태평한 모습이었다. 요섭도 그것이 이상한지 멍한 얼굴로 이 사람 저 사람을 쳐다보았다. 우선 저녁이나 먹자. 신부가 요섭을 일깨워 식당으로 향해 갈 땐 서녘의 해가 구름 속에 있었다.

상점 골목에서 다시 오른쪽으로 꺾어 돌았다. 요섭은 한 번 시계를 보았을 뿐 부지런히 걸었다. 어두워지기 전에 국도변으로 나가야 한다. 신부는 그 생각이 지워지기도 전에 어느 집 대문 앞에서 걸음을 멈추었다. 신부는 등나무를 보고 있었다. 그의 시선이 찬찬히 등나무 줄기를 따라가다가 바닥에 떨어진 하얀 등꽃에 머물렀다.

"신부님, 신부님, 난리가 났대요. 빨갱이들이 쳐들어왔대요."

성당지기 박씨 아들이 달려오며 소리쳤었다. 마침 지난밤의 비로 인해 무참히 떨어진 자색 등꽃을 바라보고 있을 때였다.

"얘야, 우리나라엔 빨갱이가 못 들어온다. 지금 그런 장난을 할 때가 아니란 걸 너도 알잖니."

방금 전에 예수 승천 대축제의 최초 미사를 끝낸 지금, 아이가 그런 말을 한다는 게 신부는 언짢았지만 꼬마에게 무안을 준 것 같아 농담의 갈피를 바로잡아 주었다.

"알겠니? 오늘 같은 날은 빨갱이가 아니라 로마군이 몰려온다고 말해야 어울리는 거란다."

"신부님."

요섭이 불렀다. 그래, 어서 가자꾸나. 신부는 다시 걷기 시작했다. 그 입에서 주여! 하는 소리가 나직이 새나왔다. 그날 아침 최초 미사를 끝내고 나왔을 때 맨 먼저 눈에 띈 것이 바닥에 널려 있는 등꽃이었다. 신부는 까닭 없이 애가 탔고, 꼬마가 달려왔을 땐 공연히 심장이 툭 떨어지는 것 같았다. 그러나 그것이 어떤 불길한 예감이었다는 것은 몇 시간 뒤에야 깨달았다. 오전 11시경, 환갑을 맞은 신도의 어머니를 축복하기 위해 곡성으로 향했을 때 신부는 보았다. 차단된 도로에 곤봉을 든 그들. 로마군이다. 신부의 눈에는 분명 그렇게 보였다.

긴 보리밭을 가로질러 국도로 올라섰다. 열사흘 달걀달이 성큼 떠올라 요섭과 함께 걷고 있었다. 이틀 전만 해도 시름시름 앓느라 잘 나오지 않던 달이었다. 신부는 묵묵히 앞만 보고 걸었다. 서로 몸부딪던 가로수 잎이 일시에 숨을 죽였다. 등 뒤에서 커다란 불빛이 슬금슬금 다가왔다. 트럭이었다. 신부는 개울둑으로 방향을 틀었다.

요섭도 말없이 뒤를 따랐다. 트럭이 지나가자 신부는 개울둑에 웅크리고 앉았다.

"좀 쉬었다 가자."

요섭이 조금 간격을 두고 털썩 주저앉았다. 신부는 담배 두 개비에 불을 붙여 하나를 요섭에게 건넸다.

"오늘 밤만 걸으면 차편을 이용해도 될 게다."

요섭은 대답 없이 담배만 빨아들였다. 담배 연기는 달빛을 향해 최루 가스모양 퍼렇게 피어올랐다. 그 속으로 한 어린 소년이 뛰어들었지. 주먹만 한 돌을 쥐고서…… 우리 형아 살려 내라! 우리 형아……. 그러자 웬 노파가 달려나가 그 꼬마를 등 뒤로 감싸며 소리쳤었다. 병정들아, 여긴 전쟁터가 아니다! 너희들이 잘못 안 거야. 돌아가라, 어서! 사람들은 울고 있었다. 가스 때문이었다. 그러면서 노래를 불렀다. 동해물과 백두산이…….

"참 이상하지요?"

요섭이 흘낏 달을 쳐다보며 말했다.

"그래도 달은 떠오르니 말예요."

해는 안 떠올랐느냐. 서럽게 비가 내린 것 외엔 태풍도 불지 않았어. 요섭이 담배를 개울에 던지고 엉덩이를 일으켰다. 신부도 공 몸을 일으켰다. 요섭은 국도 쪽으로 허적허적 걸어 나갔다. 그의 그림자가 개울물에 푹 빠져 있었다.

"요섭아?"

왈칵 어깨라도 잡아챌 듯이 그를 불렀다. 요섭이 뒤돌아 서서 무슨 일이냐는 듯 신부를 쳐다보았다.

"아니다."

신부는 고개를 저었다. 잠깐 시체 안치소를 떠올렸구나. 엎어진 채 실려 온 그 시신 말이다. 신원 파악을 할 수 없어 애를 태우던 젊은 몸뚱이…….

"그 가방 제가 메고 가지요."

요섭이 손을 내밀었다. 가방 속엔 일기장과 홍보반 청년이 넘겨준 필름 두 통이 들어 있을 뿐이었다. 신부는 무겁지 않다고 사양하려다 그의 손에 건네주었다. 요섭은 가방을 걸머메고 빠르게 국도로 나갔다. 젊은이라 아직도 그 걸음엔 힘이 있었다. 신부는 자칫 허물어질 것 같은 무릎 관절에 힘을 주려고 또박또박 자신의 그림자를 밟으며 걸었다.

등 뒤에서 경운기 소리가 들려왔다. 딸딸 지축을 울리고 오는 그 소리는 마치 총소리같이 달빛에 취해 있는 국도 주변을 소스라쳐 깨어나게 했다. 요섭이 길가로 비켜났다.

"신부님이시군요. 어디까지 가시지요?"

경운기가 그들 옆에 세워졌다. 농민 세 사람이 타고 있었다. 아마도 늦게까지 모심기를 하다가 돌아가는 농부들인가 보았다.

"우린 저 산 너머 마을까지……."

신부가 대답했다.

"우린 새텃말까지 갑니다. 거기까지라도 타고 가시렵니까?"

뒤에 탄 농부들이 서로 좁혀 앉으며 자리를 만들어 주었다. 신부는 요섭을 건너다보았다. 요섭은 "그러지요."라고 대답했고, 그들은 나란히 경운기에 올랐다. 경운기를 몰던 사람이 발동 피대를 돌렸다. 경운기는 몇 번 퐁퐁거리더니 움직이기 시작했다. 걸을 땐 몰랐던 바람이 세차게 뺨을 할퀴었다.

"신부님, 빛고을에 난리가 났다면서요?"

한 농부가 경운기 소음 때문인지 큰 소리로 물었다.

"글쎄요. 그렇다곤 합니다만……."

"사람들이 많이 상했대요."

"뉴스에 나왔습니까?"

불쑥 요섭이 물었다.

"웬걸요. 소문만 돌고 있지요."

살생을 단죄한 석가탄신일이었다. 십자로에서 금남로에서 충장로에서 도청 앞에서 남동 상공에서 사격이 가해졌다. 그것은 죽음의 면허탄이었다. 누구든지 죽을 수가 있었다. 은행 앞에서 호텔 앞에서 차 속에서 거리에서 병원에서 주검은 단죄를 비웃었다. 그날 김 신부는 일기장에 "그렇다. 그렇다. 아니다. 아니다."라고 기록했다. 그것은 마태오 5장 37절이었다.

"주여……."

신부는 길게 한숨을 쉬었다. 그래도 목숨 보존에 대한 특허를 따낸 사람들은 있었다. 이국인들…… 그들은 그 패찰을 휘두르며 셔터를 누르고 무비 카메라를 돌리며 이쪽과 저쪽을 누비며 다녔다. 어제 상황실에 와서는 진압군들을 맘껏 능멸했었지. 마치 자기들에겐 당연히 그럴 자격이 있다는 듯이. 그러자 홍보반의 한 젊은이가 점잖은 영어로 충고를 했었다.

"욕설을 삼가시오."

"무슨 뜻?"

카메라를 만지던 푸른 눈의 사나이가 되물었다.

"어쨌든 그들도 내 동족이란 말이오."

정말 이해할 수 없다는 듯 푸른 눈의 사나이는 한참이나 젊은이를 쳐다보았다. 젊은이가 다시금 대답했다.

"하긴 이해하기 힘들겠지. 당신처럼 여러 인종이 모여 사는 나라 사람들로선……."

"우리는 이쪽으로 갑니다."

경운기가 세워졌다. 요섭은 일어날 생각도 않고 무슨 말인가 하려고 머뭇거렸다. 신부가 재빨리 고맙다는 인사말을 남기고 요섭의 등을 밀었다.

그들은 다시 걷기 시작했다. 경운기는 미루나무 개울 저쪽으로 달빛 바다를 헤어 가는 통통배처럼 멀어져 갔다.

"알려 주고 싶었어요. 그분들에게……."

요섭이 말했다. 그는 자신의 그림자를 내려다보며 걷고 있었다.

"그래……. 그러나 다 부질없는 짓이다."

요섭이 우뚝 걸음을 멈추었다.

"농부들에겐 알려 줄 필요가 없다는 뜻입니까?"

넌 그저 알려 주고 싶기만 했던 게 아니었잖니? 동원대가 되어 화순, 함평으로 돌 때처럼……. 그러나 신부는 말머리를 돌렸다.

"언젠가는 다 알게 된다."

요섭이 다시 걸음을 옮겼다. 구름이 밀려와 서서히 달을 먹어 갔다. 하얗게 도드라지던 국도에 어둠이 내렸다. 요섭이 어둠 저쪽을 응시하며 말했다.

"신부님, 추기경을 만나고 수도 사람께 알리고 정부 요인에게 면담을 요청한다고 해서 어떤 해결점이 얻어질까요."

그래, 요섭아. 그건 나도 알 수가 없단다. 그래도 우린 가야 해. 가기 위해 출발했으니까.

달이 다시 얼굴을 내밀었다. 이제 달은 그들의 뒤를 밟고 있었다. 국도의 비포장 도로가 삽시에 숨을 죽였다. 주변이 망을 보는 자의 은밀한 눈빛 같았다. 신부는 얼핏 요섭의 어깨에 걸린 가방을 살폈다. 그때 맞은편에서 차가 오고 있었다. 요섭이 뒤돌아섰다.

"산길로 가지요."

"그게 좋겠구나."

두 사람은 논두렁으로 내려갔다. 차가 지나갔다. 택시였다. 빗발같이 날아오는 총탄을 향해 도청을 향해 헤드라이트를 켜고 클랙슨을 울리면서 돌진해 가던 기사들이, 뇌엽(腦葉) 갈피갈피에 숨어 있던 그 비장한 얼굴들이 불시에 툭툭 튀어나왔다. 신부의 몸이 휘청 기울어졌다. 자칫 못자리판으로 발이 빠질 뻔했다.

"조심하세요."

요섭이 돌아서서 신부를 부축했다.

"괜찮다."

그들은 다랑이논의 봇돌을 건너 산 자드락길로 접어들었다. 막 자라기 시작한 상수리나무 잎들이 겁 없는 아이처럼 저마다 달을 향해 꼿꼿이 고개를 쳐들었고, 어디선가 산개구리 울음소리가 구울구울 들려왔다.

초이레 밤이던가, 그날 도시인들은 아무도 잠들지 못했다. 잠을 잃은 시민들은 자꾸만 도청으로 모여들었고, 건물을 점거한 진압군들은 신호탄과 최루탄을 번갈아 쏘아 댔다.

"최루탄을 쏘지 마세요. 우린 맨주먹입니다."

한 여성이 확성기로 말했다. 저지선에 막혀 주위를 빙빙 돌던 사람들은 마치 후렴을 달 듯 쿠울쿠울 기침을 했다. 다시금 예광탄이 밤하늘로 치솟았다. 별안간 시민들은 저지선을 넘어 도청 건물 쪽으로 나아갔다. 흡사 바람에 밀리는 물결 같았다. 우박 소리가 허공을 때렸다. 총소리였다. 많은 사람들이 쓰러졌다. 바닥에 몸을 뉘지도 못하고 바리케이드에 걸려 있던 그 주검……. 진압군들이 달려나와 시신들을 끌어갔다. 사람들은 갑자기 잠든 듯 망연하게 서 있었고 조각달은 자정을 향해 먹구름 속으로 곤두박질쳤다.

좋은 세상 온다더니
잡은 손을 뿌리치고
비겁자가 아니라며
좋은 세상 온다더니

어미보다 먼저 먼저

저 세상을 가는구나

그 거리에 새벽이 기웃거렸다. 어미들은, 아낙들은 시름시름 노래를 부르고 남정들은 매운 눈물을 흘리며 화염병을 만들었다. 또 한 차례의 신호탄이 올랐다. 총탄이 새벽을 죽였다. 아니, 거리를 죽였다. 자색 등꽃으로 떨어진 주검들이 여기저기 검은 피가 되어 둥둥 떠올랐다. 신부는 눈을 부릅뜨고 성경 구절을 읊조렸다. 마태오 10장이었다. 26, 27, 28절……. 그때 누군가 소리쳤다.

"세무서를 불태웠소! 무기고에 총이 있소. 카빈이 있소!"

남자들이 그쪽으로 달려갔다. 신부는 문득 자신을 보았다. 성경 구절이나 뇌고 있는 자신의 모습은 바리새인 그것이었다.

해가 떠올랐다. 잠깐 동안 초파일의 햇덩이는 해맑아 보였다.

"신부님, 시민들이 차를 몰고 와요. 저것 좀 보세요."

함께 거리에서 밤을 새운 한 소녀가 말했다. 어디서 어떻게 획득했는가. 장갑차와 군용 트럭, 고속버스가 시민들을 태우고 천천히 굴러왔고 도청에서는 군 헬기 몇 대가 이착륙하고 있었다.

"해산하라! 요구 조건을 들어주겠다. 어서 돌아가라!"

저공을 날던 경찰 헬기에서는 다급한 목소리로 방송을 했고 그 즈음 이미 시민의 차는 저지선을 돌입하고 있었다. 아아, 햇덩이를 조각내던 LMG 소리…… 그 소리에 떨어진 수많은 이삭들…….

요섭이 길섶에 힘없이 주저앉았다. 신부는 얼른 그를 잡으려다가 손을 멈추었다. 피곤한 모양이구나. 하긴 그럴 만도 하지. 근 열흘간 잠인들 제대로 잤을까. 신부도 말없이 요섭 곁에 앉았다.

"신부님, 이 산을 돌아가면 장성호가 나올 거예요. 거기만 지나면 국도로 빠져도 검문은 없겠지요?"

요섭이 물었다. 꿈속인 듯 푹 젖은 목소리였다.

"그래도 차를 얻어 타려면 노령까지 가야 할 게다."

신부는 하늘을 올려다보았다. 달이 머리 꼭대기에서 음험한 눈으로 내려다보고 있었다. 개구리 소리도 들려오지 않았다. 바람도 없었다. 그런데도 산은 소리 없이 이슬을 뿜어 내고 있었다. 지금쯤 어떻게 되었을까. 수습위들은, 무기는, TNT는, 시민들은…….

"신부님, 조금 전에 제가 비틀거리면서 걸었지요?"

요섭이 담배를 꺼내 물었다.

"글쎄……."

요섭이 담배를 붙여 신부에게 내밀었다. 신부는 고개를 저었다.

"깜박 졸았던 모양이에요. 아버지를 봤거든요."

요섭은 담배를 빽빽 빨아들인 후 길게 토해 냈다.

"돌아가시기 전까지 술만 취하시면 곧잘 족보 자랑을 하셨어요."

"족보……."

"우리 집안엔 대대로 비겁자가 없었다…… 그게 아버지의 자랑이었지만 저에겐 그렇지가 못했어요. 강진서 도예공이셨다는 몇 대조 선조가 임진란 때 자문(自刎)한 것으로 비롯해서 동학군에 가담해서 현감을 징치했다는 죄목으로 옥사를 했다는 증조할아버지, 왜

놈 집만 골라 도둑질을 하거나 그 집 안방에 몰래 독사를 집어넣었다는 당대 할아버지…… 어릴 때 그 이야기만 나오면 부끄럽고 창피해서 정말이지 죽고 싶었어요. 어째서 우리 선조는 다른 애들이 내세우듯 영의정이나 판서나 양반이 없는가…… 대학에 와서야 아버지를 이해했어요. 그것은 소외당한 땅에서 스스로 멍울 진 자존심 같은 것…… 견훤 이후 신라나 고려로부터 버림받기 시작한 땅…… 객땅…… 개땅쇠…… 아니지요, 그 이전부터 정벌만 당해 온 땅이었어요."

초아흐레였다. 신부는 수습 대책 위원회의 한 사람으로서 도청 서무과로 향했다. 막 지방에서 돌아온 트럭이 광장에 세워졌고 거기서 태극기와 카빈을 둘러멘 요섭이 내렸다. 땀과 먼지로 코 언저리가 새까매진 요섭이 싱얼싱얼 웃으며 뛰어왔다.

"신부님, 정말이군요. 화순에서 도청을 탈환했다는 소식을 들었지만 믿지 않았거든요."

"그래, 그들은 어제 저녁에 철수했단다."

"우린 티엔티를 가져왔어요. 실탄도 무기도 아주 많아요."

그때 신부는 일러 주고 싶었다. 요섭아, 니가 총을 메고 있다는 것이 도무지 어울리지 않는구나. 그러나 며칠 사이에 10년은 자라 버린 요섭은 무기 반납을 강요받을 때, 다시금 진압군이 좁혀 올 때의 늙은 추장처럼 말했었다.

"피가 모자란다면, 지금까지 흘린 그 피로도 충분치 않다면, 그렇다면 이젠 우리 모두가 죽어야 합니다."

"그래서 오늘까지 이렇도록 슬픈 땅……."

요섭이 자신의 담뱃불을 지그시 바라보며 중얼거렸다.

"젖과 꿀을 약속 받은 가나안 땅에서도……."

신부가 주머니를 뒤져 담배를 찾으며 말했다. 요섭은 담뱃불을 좀 더 눈 가까이로 가져갔다.

"신부님…… 제가 정말 신부님을 따라 이렇게 와야 했을까요?"

그 목소리는 하도 깊어서 땅속에서 들려오는 것 같았다.

"그건 너의 뜻이 아니었잖아."

"그래요. 동지들이 날 보냈어요. 신부님과 가깝다는 이유로…… 다른 사람을 보낼 수도 있었어요. 그런데, 그런데 내가……."

요섭은 담배를 던지고 무릎에 얼굴을 묻었다. 신부가 그의 어깨를 잡았다.

"요섭아."

"남아 있어야 했어요. 제가 떠나온 까닭이 뭐죠? 신부님 호위? 아니에요. 신부님이 걸을 수 없거나 길을 모르시는 것도 아닌데, 신부님 혼자 가시면 오히려 안전한데, 그런데 왜 제가 따라왔죠?"

요섭의 어깨팍이 푸르르 떨리고 있었다. 그는 울고 있는가. 요섭아, 그렇다면 요섭아, 남아 있어야 할 사람은 네가 아니라 나였단다. 그것으로 끝이기만 하다면, 우리가 남아 있어서 끝나기만 한다면 우리의 탈출은 부끄럼이어야 할 것이다. 신부는 담배를 도로 집어넣고 달을 쳐다보았다. 엷은 구름에 싸인 달은 화농한 환부모양 문드러져 보였다. 오늘 새벽, 상황실 창에 걸린 달도 꼭 저런 모습이었다. 철야 한 수습 대책 위원들은 그 달을 보지 않으려고, 어디엔가 숨겨져 있을 실마리를 훔쳐라도 보려고 한사코 책상만 노려보았다. 누구의 시계에선가 다섯 시를 알리는 발신음이 삐삐 울렸다. 그러자 무기를 지키던 요섭이 달려왔다. 순찰대, 홍보반, 치안대, 환자 수송반 청년들도 차례로 달려왔다.

"장갑차가 오고 있습니다. 최후의 순간이 오면 차라리 티엔티를 폭발시켜 전원 자폭합시다! 주여, 힘을 주소서. 지혜를 주소서……."

"전차가 오고 있다면 우리가 먼저 나가서 그 탄알을 맞이합시다."

한 수습위가 벌떡 일어나며 말했다. 그 역시 신부였다.

"젊은이들은 여기 남아 있어야 합니다."

목사가 말했다.

"우리도 여기서 그저 죽음을 맞고 싶진 않습니다. 앞장서겠습니다."

청년들은 항의했다.

"젊은이들은 남아서 여기를 지켜야 합니다."

결국 무장한 청년들은 남고 열일곱 명의 수습 위원들은 전원 입구로 나갔다. 모두들 말이 없었다. 그들은 그저 앞으로 앞으로 걷기만 했다. 해가 떠올랐다. 시민들이 뒤를 따랐다. 처음에는 한둘에서 수십, 수백 명…… 마치 자석에 끌린 쇳조각모양 그들은 겹겹이 꼬리를 물었다. 거대한 침묵이 더운 숨결로 고리를 이으면서 10리 길이나 꿈틀꿈틀 움직여 갔다. 저만치 진흥원이 보였다. 별안간 해가 난폭한 변태자가 되어 거리를 낱낱이 벗겼다. 2층 창가에서, 옥상에서, 인도에서 기관총은 숨을 죽이고 그들을 기다리고 있었다. 신부는 묵묵히 나아갔다. 포문을 뻗치고 있는 장갑차를 향해, 바리케이드를 향해…….

"신부님, 지금쯤…… 지금쯤……."

요섭이 더듬거렸다. 신부는 그의 어깨를 가만히 안았다. 요섭아, 아직은 아닐 게다. 적어도 12시까지는……. 신부는 시간을 확인하고 싶었지만 그럴 수가 없었다. 차라리 세계의 시간이 모두 죽어 버릴 수만 있다면 신부는 그렇게 해 달라고 야훼께 간원하고 싶었다. 12시…… 12시…….

신부는 바리케이드로 다가갔다. 한 사람의 소령이 굳은 표정으로 그들을 맞았다.

"곧 부사령관님이 오실 겁니다. 여기서 기다려 주십시오."

9시가 지나자 검은 세단차가 왔다. 장군이 내렸다. 장군은 고개를 떨구고 걸어왔다. 고개를 숙이고 온다. 장군이! 부끄럽다는 것인가, 아니면 회복의 가능성을 머리에 담고 오는가. 장군이 멈춰 섰다.

"계엄사령부에 가서 이야기합시다."

장군이 뒷짐을 지고 군화를 내려다보며 말했다. 수습 위원들은 잠깐 의견을 나누었다. 학생 대표를 포함 11명이 선발되었고 그들은 곧 상무대로 갔다.

"우리는 더 이상 피를 흘려선 안 됩니다. 나라를 위해서도 생명을 아껴야 합니다."

타협 회의장에 앉자마자 신부가 입을 열었다.

"동감이오. 그러자면 어서 무기를 회수, 군에 반납하시오. 그렇게 하면 경찰로 하여금 치안을 회복케 하겠소."

장군이 대답했다.

"먼저 진압군을 철수해야 합니다."

"그건 안 돼요. 며칠씩이나 참으면서 후퇴까지 했소. 이건 사기 문제란 말이오. 아시겠지만 군인은 이겨야 하오. 언제나 이겨야 한단 말이오."

"당연한 말이오. 하지만 여긴 이겨야 할 정소도, 장갑차가 와야 할 곳도 아니란 걸 장군께서 더 잘 아시잖소."

"군인도 여럿 죽었소. 전우를 잃은 젊은 군인들…… 평소의 교육으로 그 분노를 잠재우고 있소."

"부탁이오. 경찰에 치안을 맡기고 철수해 주시오. 그래야만 수습이 됩니다."

"무기를 반납하고 해산하시오. 그러면 철수하겠소."

네 시간 반 동안 협상은 절대로 만날 수 없는 기차 선로였다. 신부는 마지막 카드를 내놓았다.

"그럼 시간을 주시오. 시간이 필요하오."

"오늘 밤 열두 시까지 수습하시오. 이게 최후 통첩이오."

장군은 자리를 박차고 일어났다. 무위였다. 긴 시간이 허탈 하나로 뭉청 잘려 나갔다. 신부도 수습 위원들도 몸을 일으켰다. 장갑차는 올 것이다. 밤 12시까지는 오고야 말 것이다. 우리가 무슨 힘으로 시민을 설득할 것인가. 설득이 아니라 호소를 해 보자. 죽음을 각오

하고 애원해 보자. 장군이 지프를 내주었다. 지프가 공단 입구 쪽으로 갔다. 파헤쳐졌던 길이 말끔히 정리되어 있었고 시외 도로도 개통되어 있었다.

"시민들이 야채를 구입할 수 있게 하기 위해서 도로를 보수했습니다."

묻지도 않았는데 운전병이 말했다. 신부는 공단 입구에서 내렸다. 시민들은 주의 깊게 왕래했고 가끔씩 택시도 지나다녔다. 군의 작전을 위해 도로를 복구했구나. 그렇다면 그 최후 통첩은 미리 예정된 시간? 신부는 급히 가톨릭 센터로 갔다. 오후 4시였다. 많은 시민들이 센터 앞에 모여 있었다. 또 모이고 있었다. 신부는 다시 방향을 바꾸어 도청으로 갔다. 부지사실에는 외신 기자들과 많은 인사들이 신부를 기다리고 있었다. 눈길이 동시에 몰려왔다. 신부는 쓰러지듯 의자에 앉았다.

"난 장군을 설득시키지 못했어요."

그리고 신부는 눈을 감았다. 몸과 마음이 심연으로 떨어져 갔다. 심연에는 예정된 진혼제가 있었다. 아직 죽지 않은 사람들이, 한참이나 더 살아야 할 생명들이 명부 위에 어른거렸다. 신부는 번쩍 눈을 떴다. 안 돼. 그런 진혼제는 안 돼……. 신부는 떨리는 손으로 호소문을 쓰기 시작했다.

"신부님, 김 신부님!"

YMCA에서 청년이 달려왔다.

"지금 곧 수도로 가시라는 전언입니다. 시간이 없습니다."

그래도 12시까지는 시간이 있다.

"아닙니다. 방금 입수된 정보에 의하면 그들은 출동을 위해 돼지고기 파티를……."

"그렇다면 내가 왜 여길 떠나야 하지?"

"가서 누명을 벗겨 주십시오. 우리는 불순분자도 폭도도 아니라는 사실을 세상에 알려 주십시오."

신부는 고개를 저었다.

"지금은 누명을 두려워할 때가 아니다."

조 신부가 김 신부의 손을 잡았다.

"그렇게 하셔야 합니다. 지금은 그것이 필요한 때입니다."

뒤이어 요섭이 들어왔다. 그 애는 이미 떠날 채비를 하고 왔다. 주님이여, 성모님이여, 부디 이곳을, 이 생명들을 지켜 주십시오. 신부는 그곳을 떠나오면서 출애굽인가, 정녕 그러한가, 자신에게 반문했다.

"신부님, 사실은 아까 깜박 졸았을 때 아버지를 본 게 아니었어요."

요섭이 천천히 고개를 들면서 말했다.

"동지들의 얼굴이었어요. 신부님, 동지들의 얼굴이요!"

그래, 요섭아, 나도 얼굴들을 보고 있단다.

"그들은 죽었어요. 모두가…… 그런데 난 비겁자가 되었잖아요. 족보에도 없는 비겁자……."

"우리에겐 아무도 비겁자가 없다. 요섭아. 그만 일어나자."

"아무 의미가 없어요. 나의 탈출은……."

"어서 일어나거라. 너의 임무는 아직도 끝나지 않았어."

신부는 요섭을 안아 일으켰다. 요섭이 한참 만에 무겁게 일어났다. 신부는 그의 어깨에 팔을 두르고 걷기 시작했다.

요섭아, 우리도 지금 안전한 곳으로 대피하고 있는 게 아니란다. 거기에도 장벽은 있다. 그 장벽을 깨뜨려 달라는 임무가 우리에게 주어진 거야. 우린 그걸 해내야 돼. 비록 이 밤길이 영원히 끝나지 않는다 해도 이젠 서둘러야 한다.

《밤길》(책세상, 2009)

LMG 경기관총. 한 사람이 들고 다닐 수 있을 정도로 비교적 가벼운 기관총.

TNT 톨루엔에 질산과 황산의 혼합물을 작용시켜 얻는 화합물이다. 폭약으로 널리 쓰인다.

곤봉 나무 따위로 짤막하게 만든 몽둥이. 주로 상대를 때리는 무기로 쓰인다.

뇌엽 뇌의 각 부분.

다랑이논 다랑논. 산골짜기의 비탈진 곳에 층층으로 되어 있는, 좁고 긴 논.

무위 아무것도 하는 일이 없음. 또는 이룬 것이 없음.

뭉청 어떤 물건의 부분이 대번에 큼직하게 잘리거나 끊어지거나 허물어지는 모양.

미사 가톨릭에서, 예수의 최후의 만찬을 기념하여 행하는 제사 의식. 가톨릭교회에서 가장 중심이 되는 의식으로, '말씀의 전례'와 '성찬의 전례' 두 부분으로 이루어진다.

봇돌 봇물을 대거나 빼게 만든 도랑.

불순분자 사상이나 이념이 그 조직 안의 것과 달라서 비판적으로 지적되는 사람.

자드락길 나지막한 산기슭의 비탈진 땅에 난 좁은 길.

자문하다 스스로 자신의 목을 베거나 찌르다. 또는 그렇게 하여 죽다.

진혼제 죽은 사람의 영혼을 위로하기 위하여 지내는 제사.

집전하다 일정한 의식을 다잡아 집행하다.

징치하다 징계하여 다스리다.

최루 가스 눈물샘을 자극하여 눈물을 흘리게 하는 독가스.

패찰 표찰. 다른 것과 구별하기 위한 표시로 써 놓은 것.

화농하다 외상을 입은 피부나 각종 장기에 고름이 생기다.

1 이 소설은 현재 상황과 과거 회상이 뒤섞여 있습니다. 날짜별로 과거 사건을 정리해 봅시다.

2 김 신부와 요섭은 밤길을 걸어서 어디로 가는지, 왜 가는지 이야기해 봅시다.

3 요섭이 자신을 '비겁자'라고 한 이유와 신부가 '우리에겐 아무도 비겁자가 없다'고 한 이유를 말해 봅시다.

4 이 소설의 내용과 관련지어 제목 '밤길'의 의미를 이야기해 봅시다.

신부와 요섭은 군인들의 경비망을 피해 가며 빛고을을 빠져나가는 중이다. 장성 터미널에 도착했을 때 광주 시내에서와는 달리 사람들이 태평한 모습이어서 신부도 요섭도 놀랐다. 경운기를 태워 준 농부들은 빛고을에 난리가 나서 사람들이 많이 상했다는 소문만 들었을 뿐 뉴스에 그런 내용이 나오지는 않았다고 했다.

어느 날 신부는 곤봉을 든 채 도로를 차단하고 있는 군인들을 봤다. 그리고 음력 초이레 밤에 시민들이 도청으로 몰려들었고, 진압군들은 최루탄을 쐈다. 그러다 갑자기 총소리와 함께 많은 사람들이 쓰러졌고, 진압군들이 거리에 널린 시신들을 끌어갔다. 아침이 되자 무기고에서 총을 꺼낸 시민들이 장갑차며 버스에 사람들을 태우고 모여들었다. 시민들의 차가 도청 저지선을 넘어서자 도청에 있던 진압군들은 기관총을 쏘아 댔고, 다시 많은 사람들이 죽어 나갔다. 그날은 부처님 오신 날이었다. 그날 밤 진압군은 도청에서 철수했고, 시민들이 도청을 탈환했다. 신부는 이튿날인 아흐렛날 수습 대책 위원으로 도청에 갔다가 요섭을 만났다. 요섭은 무기 반납을 강요받았지만, 지금까지 흘린 피만으로 충분하지 않다면 이제 모두 죽어야 한다고 말한다.

그리고 열사흘인 오늘은 도청에서 밤을 새운 뒤 진압군을 만났다. 장군인 진압군 부사령관과 수습 위원들이 네 시간 반 동안 협상을 했지만 진압군의 요구와 수습 위원들의 요구는 평행선을 달렸다. 결국 오늘 밤 자정까지 시간을 주겠다는 최후 통첩을 받는 것으로 끝이 났다. 다시 도청으로 돌아갔을 때, 진압군들이 출동을 위해 돼지고기 파티를 열고 있다는 소식과 함께 지금 바로 수도로 가라는 전언이 왔다. 수도로 가서 누명을 벗겨 달라는 것이었다.

불순분자나 폭도가 아니라는 사실을 사람들에게 알리는 일이 무엇보다 중요하다는 것이었다. 그래서 신부는 요섭과 함께 길을 떠난다.
신부와 요섭은 밤길을 걸으면서도 지금 도청에서 진행되고 있을 상황이 머릿속에서 떠나지 않았다. 어쩌면 이미 모두 죽었을지도 모른다. 요섭은 자신이 도청을 빠져나왔으니 비겁자가 된 것이라고 비통해 한다. 신부는 자신들이 지금 안전한 곳으로 대피하는 것이 아니라 또 하나의 장벽을 깨뜨리러 가는 것이라고 말한다.

이 소설은 '5·18'을 배경으로 이야기를 펼치고 있다. 그러나 5·18의 진행 상황은 신부의 회상을 통해 스냅사진처럼 부분적으로 전달되고 있을 뿐이다. 신부와 요섭은 5·18의 중심에서 빠져나와 서울로 가고 있는데, 그들이 서울로 가는 이유를 납득시키는 것이 더 중요하기 때문인지도 모른다.
'5·18'의 명칭이 바뀌어 온 내력을 보면 이 소설에서 신부의 역할이 무엇인지 짐작할 수 있다. 사건 진행 당시에 '5·18'은 '광주 사태'이거나 '광주 폭동'이었다. 그러다 '5·18'로 '5·18 민주화 운동'으로 자리를 잡았다. 그러나 이 과정에는 많은 노력과 시간이 필요했다. 당시 언론이 통제된 상황에서 항쟁 참가자들은 폭도로 왜곡되어 알려지고 있었으며, 신부와 요섭에게 주어진 책무는 진실을 알리는 것이었다. 바로 인근의 장성에서조차 광주에서 일어나고 있는 일을 소문으로나 어렴풋이 듣고 있을 뿐이었다. 그들은 고립된 채 진실이 묻히는 것을 가장 두려워했던 것이다.
이 소설에서는 시간의 흐름이 음력으로 제시되고 있다. 초이렛날 밤에 진압군의 총격이 시작된 뒤 시민들도 무장을 했고, 오늘은 열사흘인데 진압군의 최후 통첩이 전달된 상황이다. 어둠의 시간이며, 어둠의 역사인 셈이다. 그리고 지금 신부와 요섭은 밤길을 걸어 서울로 가고 있다. 진실을 밝히는 일이 험난할 것이라는 짐작을 할 수 있다.

문학시간에 소설읽기 3

엮은이 | 전국국어교사모임

1판 1쇄 발행일 2004년 10월 9일
개정판 3쇄 발행일 2019년 8월 26일

발행인 | 김학원
편집주간 | 김민기 황서현
기획 | 문성환 박상경 최윤영 전두현 최인영 정민애 김주원 이문경 임재희 이화령
디자인 | 김태형 유주현 구현석 박인규 한예슬
마케팅 | 김창규 김한밀 윤민영 김규빈 송희진 김수아
제작 | 이정수
저자·독자 서비스 | 조다영 윤경희 이현주 이령은(humanist@humanistbooks.com)
용지 | 화인페이퍼
인쇄 | 청아디앤피
제본 | 정민문화사

발행처 | (주)휴머니스트 출판그룹
출판등록 | 제313-2007-000007호(2007년 1월 5일)
주소 | (03991) 서울시 마포구 동교로23길 76(연남동)
전화 | 02-335-4422 팩스 | 02-334-3427
홈페이지 | www.humanistbooks.com

ISBN 978-89-5862-623-7 44810
ISBN 978-89-5862-620-6 (세트)

만든 사람들

편집장 | 황서현
기획 | 문성환(msh2001@humanistbooks.com)
편집 | 이영란
디자인 | 김태형
일러스트 | 송효정

- 이 도서의 국립중앙도서관 출판시도서목록(CIP)은 서지정보유통지원시스템 홈페이지(http://seoji.nl.go.kr)와 국가자료공동목록시스템(http://www.nl.go.kr/kolisnet)에서 이용하실 수 있습니다.(CIP제어번호: CIP2013008063)